谢志强 中国作家协会会员、中国文艺评论家协会会员、中国微型小说家学会副秘书长、浙江省作家协会特约研究员。出版小说《塔克拉玛干少年》《大名鼎鼎的越狱犯哈雷》《会唱歌的果实》《老兵》等,文学评论集《小小说讲稿》《向经典深度致敬》等31部作品。曾获多届中国微型小说年度奖、中国小小说金麻雀奖、《小说选刊》双年奖等奖项。

谢志强 著

黑蝴蝶
故乡古人

宁波出版社
NINGBO PUBLISHING HOUSE

图书在版编目（CIP）数据

黑蝴蝶：故乡古人 / 谢志强著 . -- 宁波：宁波出版社，2023.3
ISBN 978-7-5526-4764-8

Ⅰ.①黑… Ⅱ.①谢… Ⅲ.①短篇小说-小说集-中国-当代 Ⅳ.① I247.7

中国版本图书馆 CIP 数据核字（2022）第 212523 号

黑蝴蝶：故乡古人
HEI HUDIE GUXIANG GUREN

谢志强　著

出版发行	宁波出版社
	（宁波市甬江大道 1 号宁波书城 8 号楼 6 楼　邮编　315040）
网　　址	http://www.nbcbs.com
责任编辑	罗樱波
责任校对	虞姬颖
装帧设计	金字斋
插　　画	张剑平
印　　刷	宁波白云印刷有限公司
开　　本	889mm×1194mm　1/32
印　　张	7.75
字　　数	128 千
版　　次	2023 年 3 月第 1 版
印　　次	2023 年 3 月第 1 次印刷
标准书号	ISBN 978-7-5526-4764-8
定　　价	79.00 元

如发现缺页或倒装，影响阅读，请与出版社联系调换，联系电话：0574-87248279

目录

卷一 清朝

黑蝴蝶 …… 003

马鲛鱼 …… 008

花在人在 …… 012

乱 …… 015

桂圆 …… 019

主妇王博颏 …… 022

父与子 …… 029

突然,心动 …… 034

盗 …… 036

一夜之劫 …… 038

约定的高度 …… 042

汤圆之夜 …… 049

一支好笔 …… 054

颂体 …… 057

牌　位 …… 061

卖身契 …… 064

三人行 …… 068

祖父的脊背 …… 071

另一半 …… 077

老用人 …… 081

篾匠"独路头" …… 086

恩　人 …… 090

卷二　明代（上）

竹　笛 …… 097

一帘烛光 …… 102

一点亮 …… 105

伞 …… 109

一夜灯亮 …… 113

女仆的声音 …… 116

黑夜和白天 …… 119

一袋金子 …… 122

上边与下边 …… 128

荷花池 …… 130

深夜,一个小男孩 …… 133

举　荐 …… 136

一座山 …… 139

两　山 …… 142

西愚不在 …… 145

替罪羊 …… 151

卷二　明代(下)

西苑青词 …… 157

邵基之难 …… 160

萧滩驿站 …… 164

怒　发 …… 168

常　棣 …… 171

复　仇 …… 174

扇　人 …… 180

妒　忌 …… 184

菊　花 …… 187

断屋雄鸡 …… 190

兽　吻 …… 193

不　用 …… 196

3

卷三　汉至元代

隐士严子陵 …… 201

酒　后 …… 207

大　火 …… 210

显　示 …… 213

推荐书 …… 217

虞世南的劝谏 …… 219

围 …… 220

宫体诗 …… 223

管　风 …… 224

虞玩之的木屐 …… 227

后　记 …… 232

清朝

黑蝴蝶

陈元到任的第一天,一个杂役和一个主簿先后好心好意地提醒他,先到灵官祠拜谒祭祀,此为惯例。

陈元,字遴三,号古愚。少年时,父母双亡,成了孤儿,被寄养在族内亲属家中。他勤奋好学,康熙二十七年(1688)考中进士,即赴湖南平江县,担任知县。

平江县衙左边,隔一条街,有个灵官祠。主簿在县衙供职近二十年了,他陪过走马灯似的知县,凡是新知县到任,第一天,第一件事,就是前往灵官祠拜谒祭祀。

陈元问:"一定要这样吗?"主簿说:"已成惯例,灵官灵官,官运灵通。"陈元问:"怪不得众人都在按部就班地替我准备呢,你拜过吗?"主簿说:"陪随多位知县拜过。"陈元说:"当官的第一天就想着怎么走捷径升官,这是取巧。"

陈元不去。有人替他担忧，说："还是去吧，图个吉利。"陈元说："灵官祠不是朝廷规定的祭祀场所。"

七天后，官署内发生了一起盗窃案。所有的档案都不翼而飞——文字记载的官方历史出现了空白。县衙内顿时弥漫着惶惶不安的情绪，传言四起：说这是灵官来显灵的征兆；说不敬灵官，必受惩罚；说举行一次隆重的祭拜，还可以补救；也有说不拜灵官，必断官路。

所有的传言都指向知县陈元，仿佛他将给县衙和自己带来灾祸。陈元说："如果众人都相信这件事，那么，就说明灵官已被盗贼掌控了，甚至，官和贼暗中同谋，依照法律，应当问斩。"

陈元授意主簿，起草一份通令，送至灵官祠，限定五日内提供盗贼的线索，否则就拆祠毁像。

果然，很快捕获了盗贼。所有的档案已被焚毁，说是被盗贼用于祭祀灵官（据审讯，烧毁档案的当日，灵官祠内外，那些灰烬，乘风而起，如同飞舞的黑蝴蝶）。而且，强盗以灵官祠为中介，与某些官员勾结，共谋财路。知县拜祭，百姓随应，强盗鼓动，上上下下，齐心协力，旺了香火。

陈元治理平江三年，上级官府来考核，他的政绩最为突出，而且，他在百姓当中口碑甚佳。皇帝赐予他蟒衣一套，并提拔他为贵州思州知府。不久又被举荐，皇上召见他，再赐蟒

衣一套,补任江西吉安府同知。不出一年,被提拔为刑部员外郎。康熙五十三年(1714),他担任河南乡试主考官。

陈元最后的职务是贵州府知府。著有《浒山行集》,流传于世。他搜集过蝴蝶的标本,多为黑色。晚年,他以"古愚"为号自嘲。他遗憾进入仕途的第一站,竟让平江县官方的历史出现了空白。他说:"有时,我的眼前会出现黑蝴蝶纷飞的情景。人为地遗忘历史有多种,此为恶劣的一种。"

马鲛鱼

邬恩武一到台州,就委托在台州搞贩运的余姚人,给母亲带一条刚出网的马鲛鱼。眼看天色已晚,他投宿一家客栈。

他来台州,寻访一个儿时的小伙伴。临行前,长期念佛吃素的母亲突然说:"台州的马鲛鱼,味道最佳,回来时,可带一条。"

深夜,邬恩武被一阵喧哗和骚乱惊醒。窗外闪耀着火光。桶的碰撞声、人的脚步声、水的泼洒声,如决堤的大水,整个房间仿佛是泊在水中的船在摇晃。

隔壁的房间燃起了火,火势在蔓延。邬恩武逃出自己的房间,经过另一房间,那扇门,像一张大嘴,吐出烟的同时,吐出了一个人。

瞬间,邬恩武想起了多年前的一个梦,也是大火,也是房子,仿佛恍恍惚惚走进了记忆中的一个梦。

忽然,那个被门吐出来的人把一个藤箧交给他,他发现,那个人在燃烧——身上吐出无数个火舌。

他满眼都是火和水,好像无数条鱼在跳跃,掀起水花。火渐渐熄灭,客栈弥漫着烟雾。他紧紧地抱着藤箧。

有一个早晨,他涉水过河,捡到沉入水中的一个布袋。他就坐在水中的一块踏脚的石头上,怀抱布袋。太阳当空时,远远有两个人呼喊着过来,像喊魂一样。他终于知道沉甸甸的布袋里装着白银四百二十两。那两个人是从官宦人家那里借贷了银两作为生意的本钱。

他委托其中一个人,带一条马鲛鱼给母亲。他总是碰上钱,却没有钱,但有很多的朋友。

邬恩武坐在床上等,抱着藤箧,敞着房门。天亮了,他听见哭声由客栈的楼下传上来。

不一会儿,一个头发烧焦的男人,破衣烂衫——被火舌舔过,哭得像个小孩。他哭诉着:"我一家人的性命全装在那个藤箧里了,是火吃掉了?还是它逃走了?"

邬恩武放下藤箧,走出门,说:"你就住在我隔壁吧?你认得我吗?"

那个男人说:"你想干什么?我不认识你,只认识我的藤箧。"

邬恩武说:"我这里有一个藤箧。"

那个男人一眼就认出藤箧,说:"怎么会在你这里?"

"昨晚,你亲手交给我的呀。当时,你身上着火了。"

"你知不知道里边装着什么?"

"凭响声,我听出里边装着钱。"

"你就在这里等着,没走?"

"我俩素不相识,火灾时,你把它交给我,就是相信我,使我一夜不敢入睡。"

那个男人打开藤箧,黄金、白银闪烁着光亮。他捧起若干,作为酬谢。

邬恩武说:"现在,我可以轻轻松松离开了。这是你的命,我不能接受你的命。"

那个男人跟他结下兄弟之情。

时值明朝崇祯十一年(1638),起乱。邬恩武找不到儿时的小伙伴,三天后,他返回余姚。

母亲已把马鲛鱼腌上了。马鲛鱼,肉多,刺少,味鲜。余姚人有个饮食习惯,给马鲛鱼撒上一层淡淡的盐,能够存放许久。

邬恩武记起,那一天,恰逢祖母逝世三年的忌日。

母亲说:"你奶奶弥留之际,已数日不进食。有一天,突然提起想吃马鲛鱼,可是,连这一点念头也没能满足她呀。"

祖母卧床不起,最后一年,邬恩武睡觉不脱衣服。他入睡后,特别敏感,祖母稍有响动,他就立刻起来。

母亲姓陈,她十八岁时,丈夫病逝,她服侍婆婆,抚养儿子。此次邬恩武去台州寻访儿时的小伙伴,是因为,母亲在夜里几次听见儿子梦中呼唤小伙伴的名字。她催促儿子出行一次。

邬恩武对母亲撒了个谎,说:"找到了,长得我差一点认不出了。"

后来,邬恩武终生忌食马鲛鱼。

花在人在

张之楸升任湖广桂阳知州,张久征是副手。毕竟远离故乡,官场上是上下级,私下里则亲如兄弟。两人配合默契,同舟共济,为当地百姓办了许多实事、好事。

张之楸,浙江人,顺治三年(1646)举人。张久征,江苏人,顺治四年(1647)进士。张之楸喜养花,一年四季,他的屋里花开不败,他做官和养花判若两人。张久征好收集古董,但只收不藏,很快转手——好物件找好人家。所以,他人缘好。有一次,张久征说起两人的闲暇爱好,说:"你的无用,我的有用。"张之楸突然一笑,说:"你的有用,太动心思。"

两人一起在桂阳为官,第三年,张久征突然被调进京城做官。

张之楸为他饯行。喝了酒,张久征说:"兄长,我敬佩你的魄力、魅力。可是,单凭政绩还不够。人说,朝中有人好当官。

你们余姚人,历来有很多人在朝廷里做高官。我呢,缺的就是这个背景。"

张之楸说:"你不是已经升上去了吗?"

张久征说:"还记得我好不容易弄到的那件貂皮大衣吗?"

"可没见弟妹穿过一次呀。"

"卑贱之人怎么能穿高贵之衣呢?"

"人与物,相互依存,屋子要住,衣服要穿,物才好活。"

张久征抚抚头,说:"实不相瞒,我探听到皇帝宠爱的一个嫔妃喜欢貂皮大衣,我托可靠之人送去,嫔妃喜欢,她得了衣,我谋了帽,官帽。"

张之楸沉下脸,说:"我怎么交上你这样的朋友!"

张久征赴京城,张之楸没有去送行——从此,跟张久征隔断了兄弟情谊。他失望又不解,衣与帽能这样顺利交换?仕途竟能让这样的诡计得逞?

张久征坐稳了位置,来过一封信,要张之楸为了自己的仕途,入京城走动走动。张之楸焚了信,不予回复。

甚至,张之楸如快刀斩乱麻,干脆辞官还乡。如果说官场是江湖,那么,他就退出江湖。

张之楸回到余姚老家,十个春秋,拒绝访客,足不出户,把一个老杂院侍弄得如一座花园。

张久征又升了一级,却不忘故交、旧情,他托人顺路登门拜访，邀张之槱重出江湖，认为一个有才能有胆识的人闲着可惜。

张之槱隔着院门从门缝里塞出一封信，权作回复，以便远道而来的人回去有个交代。

一年后，张久征陪同钦差大人巡视浙江，特地来看望张之槱，让一个亲信预先来通报一声，透露举荐张之槱的口风。

然后，余姚知县胥庭清陪着张久征来到张之槱的家，门内不应。知县说："我也吃过数回闭门羹，仅得到过一封信，还是从门缝里塞出的。"

张久征笑了。知县疑惑他为何笑，本该生气呀。

不得已，知县支使擅长翻墙越壁的差役从里边打开了院门，想见了张之槱再道歉，毕竟是冒犯。

可是，院中只有花，不见人，静得能听见蜜蜂的声音，看见蝴蝶的飞舞。

张久征扑了个空，说："花在人在，不会走远。这位兄长，独善其身，也不该这样啊。"

知县派人探察、寻找，回报张久征："张之槱翻墙回避了，后院的墙上支着一个梯子。"

张久征不得不离去，临走说："过了这么多年，兄长竟然还是不能接受，我打扰他了，只好摘走他的一朵花，长了见识，留个纪念。"

乱

俞闻天仪表堂堂,胡须漂亮,眉毛修长,人都说他有官相。

据说,母亲生他的前夜,做了一个梦,梦见一个戴高冠、挂玉佩的人,进门入室。那是吉兆。

俞闻天多次参加科举考试,均落榜。于是,他放弃科举,周游各地,应了"读万卷书,行万里路"的话。

一次走到楚黄(湖北黄州府所辖各县的通称),夜间听见哭泣声。天亮,他出旅馆,见旁边一家人,男人要卖掉妻子,偿还拖欠的税赋。俞闻天拿出钱。夫妇俩感激流泪,转悲为喜,愿做他的用人来报答他,俞闻天不接受:"为了这点事,让你们离开故土,不妥当,我也不方便。"

游走多地,所见灾害、疾病、贫困甚多,那些向往的景物也失了色。一天,他在河北的一家旅馆,难得邂逅了同族同姓的人，可那个人却在旅馆中病逝，好像就等着最后看一眼故乡的人。

俞闻天为那个人收殓，第二天雇了车，带着灵柩，一路颠簸，花光了盘缠，回到了故乡。

姚城也显出混乱的迹象。一支外地调来的军队进驻余姚，官兵傲慢、蛮横，扰乱了原来的平静。

驻防将领的军营，恰巧挨着俞闻天家的宅院。

将领似乎看出俞闻天是见过世面的人，且相貌非凡。偶然相遇，对俞闻天很客气，不说话，却微笑示好。

居民们见惯的一脸威严的将领，唯独对俞闻天格外客气（人们用了"和颜悦色"来形容），带点尊重。"走过三江六码头"的人毕竟不一样。

姚城里弥漫着恐惧的气氛。居民们担心士兵生乱。渐渐地，大家视俞闻天为依靠，凭着将领对他的态度，应当"兔子不吃窝边草"吧。

一传十，十传百，居民们错开着悄悄来拜访俞闻天，争相把钱财寄存在他家里，说是灯下黑，保险些。总共有数万两银子。

俞闻天一向头放在枕头上就能入睡，可现在他开始失眠了。他听说过火山，现在，自己不就是躺在火山口吗？

果然，不久军队生乱，闯入民宅抢劫，闹得鸡犬不宁。居民们庆幸，幸亏银子转移了。

担心的事终于发生了。士兵闯入俞闻天的家,翻箱倒柜,连丝布、米粮也不给他留下。

乱了一阵,又平静下来。军队开拔,据说是换防。

居民们集中到俞闻天的院子里,所见一片狼藉。人们都很后悔,只有自认倒霉:"这个俞闻天也躲不过一场乱,自己的东西都被洗劫一空,别人的东西还会有吗?米也抢走了,钱还能留下吗?还能说什么?"

其中,也有人嘀咕:"如果他借兵乱之名,趁机私吞,那么,我们是哑巴吃黄连,有苦说不出了。"

俞闻天似乎没听见众人的纷纷议论,顾自拿来两把铲子,指着院子一角的一株樱桃树,移开了树下的几盆花卉,盆已裂,是他趁乱敲破的,他示意两个男人在此挖掘。

两个男人挖到一尺深的时候,满坑根须,铲子触及了一个异物——一个沉甸甸的油布包,仿佛一包银子发出了点点光亮,那是反射着的阳光。

俞闻天取出银子下边的一纸清单,报名报数,如数归还。

那个怀疑过他的人向俞闻天道歉:"我是以小人之心度君子之腹呀。"

居民们凑起银子要报答他。俞闻天拒绝接受,说:"本来就是你们的银子,我仅仅是临时保管。这一下,我可以睡个安稳觉了。"

当夜,俞闻天在梦中徒步远足,他迷失了,找不到回家的路。他东走西走,终于看见了院子里的那棵樱桃树,满树挂果,点点红艳,竟睡了一天一夜。

当年,那棵樱桃树没挂果,死了。

桂　圆

五岁时,母亲病逝,他失却了母爱。一年后,父亲娶了继母。

父亲原本在家养蚕,闻知湖州蚕业发达,就担着竹圆筐前去做蚕桑生意,长久没回来。

黄兆博和继母相依为命。继母待他如亲生儿子。转眼间,黄兆博十六岁了,有时想父亲,父亲的面目竟然模糊不清。而且,他疑惑:父亲为何从未进过他的梦里?

父亲难得回家,回来也像客人(余姚称"人客"),找一样什么东西,还要问继母。黄兆博看了就好笑。倒是继母像过节一样,里里外外,忙得欢喜。

有一天深夜,黄兆博隐约听见有人在喊父亲的名字,是继母在梦中呼喊。

继母病了。黄兆博说:"我去把爹叫回来。"继母说:"这个家全靠你爹,他在外地很辛苦,不要让他牵挂。"

黄兆博执意要去,说:"我去看一看。"继母说:"不要说我生病了。"

黄兆博第一次出远门,他记得父亲曾说起经过的地方。他渡过钱塘江,直奔湖州吴兴的西塞山(今湖州吴兴区妙西镇西部),那是父亲做蚕桑生意的地方。

很快,他在蚕茧市场找到了父亲。父亲很惊奇,他很欢喜。

父亲问:"是不是家里出事了?"

他差一点说出继母生病了,不过,他说:"想你,就来看你。"

父亲说:"看来,该回家一趟了。"

继母似乎知道丈夫要回来,里里外外都收拾得整整洁洁,还打了丈夫喜欢的老酒,买了小海鲜。

黄兆博说:"妈,你身体不舒服,怎么下床了呢?"

父亲说:"兆博,你一出现,我就觉得有事,你怎么不说?"

继母说:"是我不让他说的。"

黄兆博催促继母卧床。显然,继母一忙,病情就加重了。黄兆博怨爹添了麻烦,爹不响。黄兆博熬了药,端到床前,看着继母服下。

一连三日,黄兆博睡不沾席,一听见继母的声音,就赶过去。父亲闲着,他眼里没有家务事,插不上手,只有替她的病着急。

继母笑了笑,说:"已经好多了。"

那天夜里,黄兆博梦里听见一个人对他说话——只闻声,不见影。但是,伸过来的一只手很真实,那只手掌里有两颗桂圆,还带着有亮晶晶的露水的绿叶。

那个声音清楚地传过来,既近又远,说:"吃下,会好。"

第二天一大早,黄兆博就上街了,径直走到卖桂圆的摊头,挑了几颗带着绿叶的桂圆,一摸,钱没带。摊主说:"送你。"等他回家取钱来,摊主已不见了。

继母吃了桂圆,竟下床了。继母笑着对父亲说:"有兆博在,你就忙你的去吧。我看你这几天也心神不定,你的魂被蚕宝宝缠着了。"

父亲留下钱,叮嘱了儿子几句,说:"有了事,来叫我,最好托人捎个信。"

黄兆博不响。

父亲说:"你娘喜欢吃桂圆,你就趁着新上市,多买。"

送父亲上了船,继母终于问:"我没有提起过桂圆,你怎么知道我想……我也是突然想桂圆。"

黄兆博说:"我怎么能不知道?可是,也有我不知道的事情,我买了桂圆,取钱再去,那个摊主不见了,我本来应当关注一下他的手的。"

主妇王博颏

村里人都说苏吉利讨了个好老婆,会过日子。

苏吉利样样"拿不起",王博颏样样"拿得起"。不过,苏吉利说:"我不娶她,谁会要她?"

王博颏没缠过足,脚板很大。背地里,有人叫她王大脚。

结婚前,苏吉利眼里没活。初春了,他还袖手烤火,挨近中午,肩扛锄头,上山掏一根冬笋,当下饭的菜。有时,他有点钱,手痒,要"小弄弄",赌得兜里空了,他又回到家,坐在山墙下,晒太阳,眼不见,心不烦。家里穷,却穷赌。屋里已没像样的物件了。

娶进了王博颏,苏吉利清爽起来,有模有样,走起路,脸也扬起。他戒了赌。不过,有了重活儿,王博颏很客气,要他搭把手。平时,他是算盘珠子,不拨不动。

王博颏很会持家,里里外外,七畚斗、八扫帚,把家收拾得干干净净、暖暖和和。她还将破败的屋子翻了新。青砖黑瓦,焕然一新。那烟囱,冒出的烟,也朝气蓬勃、向上有力。

村里人称赞王博颏勤劳能干,理财有方。同龄人说:"苏吉利有福气,全靠这么个老婆,不然要成叫花子了。"

苏吉利很郁闷,毕竟他自以为是当家的男人。他时常当着邻居的面,对老婆摆架子,耍威风,差东遣西,吆三喝四,装给别人看,他觉得很有面子。来了客人,按规矩,老婆不上桌,他还催菜、唤酒。

这一带的家庭,祭祖宗、请财神、拜菩萨之类的祭祀,都由男主人主持操办,忌讳女人沾手。有句话是:"雌马不能上战场。"

王博颏备好了食料,配好了拼盘,关起门,在灶台上煮、炒、拌,端上了祭桌,她就回避。

苏吉利敞开门操办祭祀仪式。有时,老婆买来炮仗,任由他放,弄得动静很大。不会做事,还要他说了算。可是,村里人还是说:"苏吉利有眼下的好日子,全靠老婆养。"

苏吉利堵不住别人的嘴,就朝王博颏撒气,说:"你不在,我就没法活了吗?"

王博颏不吭声,默默扫地。

苏吉利夺下扫帚,狠狠地踩,说:"我要把你扫地出门。"

王博颓说:"这不是没事生事吗?过日子是两口子的事,不存在谁养谁。"

苏吉利赶王博颓出门——把她休了。起先,他又"小弄弄",消消心烦。土地也搁荒了。渐渐地,老婆在时置办的家什,他也陆续变卖。不出两年,屋里空了乱了。第三年,有一次,押了房子,一博,却赌输了。没了居住的地方,他不得不一只篮、一个碗、一根棍,离开村庄,外出讨饭。他受不了村里人的闲言碎语——脸没处搁了。

又一年,农历十二月廿三日,他已俨然一副乞丐的模样了。他循着气味进了一个村庄,那是酒肉的香味。一打听,获知村东有户人家造屋,在办上梁酒。老婆翻新屋子时,办过上梁酒,来者不拒,包括叫花子。这个习俗能让他混上好食物。

这户人家竟盖起三间新屋。苏吉利探望厨房,火旺锅香,煎鱼炖肉,忙得不亦乐乎。赶得早不如来得巧,有好口福了。他开口一讨,厨师给了他酒和肉,叮嘱他:"到空的地方去吃。"

嘴里进,肚中热,苏吉利的耳朵也不闲着,各种欢喜的声音里,他听出了眉目:这户人家,原来穷得寒酸,差一点沦为叫花子,多亏了老婆王博颓当家,日子好了,盖起了新屋。

叫花子,新屋,王博颓……苏吉利以为是在说自己的故事。可是,三间新屋气气派派地立着。难道谁娶了王博颓谁就旺了?

偏偏最怕见谁,谁就出现。苏吉利躲也来不及了,他埋下脸。王博颏看见他,一脸惊奇。

苏吉利恨不得脚下裂个洞,一头钻进去。他别开脸,望见灶膛,里边的火焰像在起哄。他起身,冲进去,径直钻进……烧得焦头烂额,如一根大火中的枯木。

苏吉利怕丢脸,不要命。王博颏张罗着给他筑了一个坟墓,还上街,叫人画了一幅像,贴在灶上,以示纪念,毕竟夫妻一场。其中的隐秘,无人知晓。

每年农历十二月廿三日,王博颏摆上酒菜,供上,然后,烧掉乌黑的画像,换上同样的一幅。后来,竟然有许多家庭主妇也效仿——王博颏把一个家打理得那么美满,必定有其妙法。渐渐地传言,那画像,是灶神,也引出了多种称呼:灶司、灶王爷、灶君菩萨。慢慢就形成了风俗,一年两次祭祀:第一次农历八月初三,灶君生日(那是苏吉利的生日);第二次,每年农历十二月廿三日,送灶日(苏吉利的忌日)。供灶君的一系列事务,均由家里的女人主持操办。这竟然入了《礼器记》,记载有:"灶者,老妇之祭也。"

临山那一带,做饭的燃料,均用农作物的副产品,如棉花秆、豆秆、稻草,还有野生的芦苇。每家的灶间,砌有双眼大灶,一根烟囱直逼屋顶。烟囱与烟斗的转角处,砌有双步梯阶的灶君堂,堂内供奉着灶君神像,神像两旁有对联。左侧:"上天奏好事"；右侧："下界保平安"。

据老人说老话："都是当初主妇王博颏放出的话，灶间是女人的世界。人家王博颏不容易，提前放脚了。"

父与子

乾隆八年（1743），翁运标刚任武陵县（今常德市武陵区）知县，就碰上一户农家先后两起的诉讼，自家人告自家人。

此前，翁运标担任河南省南阳桐柏县知县，多行仁政，县里百姓为他建了生祠（为活人修建的祠堂）。知悉兄长翁运杭病危，他辞官还乡。紧赶慢赶到家，兄长已去世。遂为兄长服丧一年有余。

那一户农家，父亲有两个儿子。当初，父母结婚多年，未曾生育，求子不得，就领了个养子，称为引子，像放引蛋，让母鸡在固定的窝里生蛋。两年后，生了个白白胖胖的儿子。母亲难产时去世。

父亲养大了两个儿子，没续弦，分了家，约定了轮流在两个儿子家吃饭。

老大拿最好的饭菜供父亲享用,父亲不语。老二给的是残羹剩饭,父亲也不语。好的,差的,他绝不在脸上流露丝毫,不计较,不出声。父亲虽然手脚不灵便,但在谁家用饭,就会在谁家做些轻微的体力活儿。老大总是让父亲歇着,父亲就当即歇手,却有点不知所措,告辞回屋。老二有时客气一下,但不去阻止,父亲仍慢手慢脚地做,不语。不管儿媳给什么脸色,他总是要待到约定的期限。父亲自小就宠爱老二,家务活大多由老大操持。

分了家,大家仍居住在同一个大宅院内。兄弟俩平时不来往,各顾各,只有父亲轮流出入两个儿子的家。

老大一纸诉状,告了老二,理由是分田产不公,一肥一瘦,差别很大。他不好告父亲偏心。父亲的灵魂捏在老二手中,老二却理所当然,毫不通融。老大侧面对父亲提过几次,父亲不语,至多说一句:"老大让老二,理所当然。"弟媳妇的一句话激怒了他:"人心原本就长偏了嘛。"

县衙公堂上,老大带着一股怒气,说父亲嗜酒,分田的时候,老二给父亲灌多了酒,父亲喝糊涂了,稀里糊涂分了地。

翁运标当场训斥了老大,表示对老大用这样的语言伤害其父的气愤。他带上兄弟俩去勘察两块田亩。父亲不愿露面。翁运标理解:他不愿见到自家人与自家人打官司。

确实如兄长诉状所陈述,老大的田地贫瘠,老二的田地肥沃,是祖辈传下来的良田。

翁运标坐在老大的田地里,那是其父领养老大时在河滩新垦出的田地。河水在田地的前边淙淙流淌。突然,翁运标掩面流泪,而且,不能自制。老大慌了,他第一次看见县太爷流泪。

随行的差役又是安慰又是询问,不知如何是好。

翁运标说:"我的父亲失踪数十年,我有一个哥哥,从小相依为命,现已阴阳两隔。我来到武陵,看见这一对兄弟为田地的事情反目为仇,对簿公堂,我思念起我的兄长,心中难受。"

老大说:"大人,这个官司我不打了。"

老二迟疑片刻,说:"我让出一半。"

翁运标亲自划地,肥瘦均衡,各一半判给兄弟俩,还立了地界,这样,兄弟俩也能在地里天天照面,并登门向其父通报结果。父亲不语,但那布满皱纹的脸有了滋润的笑意。老二出现,父亲收敛起表情。

翁运标察觉出:这个父亲畏惧小儿子,仿佛有什么把柄捏在小儿子手中。

三天后,老二一张状纸,告了父亲,认定家中的银两被父亲藏匿。

传唤来了父亲,父亲的表情像是在向小儿子求救。

翁运标反复审讯。那位父亲始终不语,索性垂着头,似有难言之隐。

差役悄声对翁运标耳语:"不招供,可动刑。"

翁运标摇头,宣布休庭,让那位父亲暂先回家,随时听候传唤。

差役资历老,见识多,却疑惑:"为何不及时动刑取口供?"

翁运标说:"拿儿子的一面之词来拷问父亲,倘若存在诬告,常规颠倒,那么,父与子的天伦和恩情岂不就此断绝了?我担心,刑讯逼供,父亲会保全儿子的脸面,那可是一贯娇宠小儿子的父亲呀。"

随后,翁运标派出数人,明察暗访,终于获得了线索:有一窃贼盯上了老二,深夜潜入其家,盗走银两。老二误以为是父亲顺手挪藏了银两——用作防老。毕竟,只有父亲出入老二的家。

子告父,已传遍大街小巷,翁运标"大张旗鼓"地结案,还把这个风声放出去。

传唤父子来公堂,翁运标要求儿子当场向父亲道歉。

老二瞅瞅父亲。父亲躲避小儿子的目光,紧咬着嘴唇。老二叫了一声:"爹。"

父亲抬头,对着翁运标,挤出一句话:"我这小儿子,还不习惯这样。"

老二低头,脸红。

翁运标击了惊堂木,说:"你开不了口,道歉竟如此艰难?

那么,就面朝父亲下跪,表示你有愧于父亲,就以行动代替言语。"

老二一副浑身不适的样子,瞅瞅父亲。父亲垂下脸,嚅动着嘴唇,似有话。

翁运标说:"作为儿子,你是起诉人,案情明了,现在就看你的了。"

老二挪转身子,跪对父亲。

翁运标说:"身为人父,不可放纵儿子。子不孝,父之过。"

父亲微微点头,说不出话。

突然,心动

那是陈向荣一生唯一的例外:突然,心动。

陈向荣,字云来,是余姚县学读书的秀才。他像一朵云飘移,举家迁居杭州。在杭州,他陪父母、做学问,十八年如一日。他极为孝顺,搀扶父母散步,制作美味食品。他的主要精力放在学问上,思维有条有理,表述有板有眼,不急躁,不冲动,从不随着性子来。他的言谈举止,冷静、沉稳、从容,给人以心如止水的印象,似乎每做一件事,每说一句话,都是未来的前奏,环环相扣,有条不紊。

学问深厚了,就有人来邀请。他到江宁(今南京市区)的学馆讲学。陈向荣确定了讲学时间:第二年五月返回杭州。

可是,当年的十二月,有一天,他突然心动,急于想回家。那是他人生当中从未出现过的突如其来的念头,似乎突然左右了他,轻易地遣散了他惯常的稳固思维,打破了他习惯的生活秩序。

他说走就走。过后,他的学生猜想,是不是他做了一个梦?或者,有人送来了火急的信?或许,他听到了一声召唤?

那一天,水缸里结了一层薄冰,几位学生送他到江边码头,明晰的线路已浮现在他的脑海里。

但是,长江航运受阻。学生劝他,等到航运疏通了再走。劝说反倒增强了他回家的迫切。

开弓没有回头箭。陈向荣徒步从江宁到常州北面,那个长江岸边的孟河镇(今常州新北区),转进南徐(今镇江),冒着严寒,由大运河乘船至杭州。

陈向荣曾寄过家书,告知父亲第二年五月回家。他突然回家,父亲很意外(这不是儿子行事的风格),却大喜。家中如来春风,欢声笑语,像陈向荣以前在家那样。

第二天早晨,陈向荣没出来。以前,他早起,备早点,问早安。父母以为他途中劳累。再过了一会儿,父亲轻轻推开门。陈向荣已无气息,但面部安详,仿佛在沉睡。

父母也不知道儿子突然回家有何急事,也看不出有何事。父亲的眼中,儿子如同在杭州时从学馆归来一样。

噩耗传出,熟悉陈向荣的人都感到疑惑,有一点不解,难道他远远地预见了自己的死期?送他的学生说:"先生只字未说返回学馆的事情。"

盗

嘉庆二十四年（1819），黄征义第二次考中进士（第一次为乾隆五十四年，即1789），当年就被任命为从化县（今广州从化区）知县。

当时，邻县增城（今广州增城区）发生盗窃，盗贼颇为猖狂。增城知县呈报朝廷，说盗贼来自从化县。

封疆大吏命武官负责捕盗。缉捕了增城的盗贼，交由从化审判——自己的屎自己擦。而且，按人头，论功行赏。

武官求功心切，随意捕捉，闹得人心惶惶。

一时间，从化县监狱人满为患。黄征义连日审讯，发现多有冤枉，就免于判决，十有八九释放了。

负责捕盗的武官不悦，说："放了，你自己赢得个好名声，邻县重又遭殃。"

黄征义说:"如若你抓多少,我判多少,不就像盗贼一样?不同的是,你我盗取的是功名。"

武官说:"你这是砸了我的饭碗。"

黄征义本性耿直,脱口说:"怎么可以用老百姓的性命换取自己的光环呢?"

第二天,封疆大吏一纸手谕,由武官将监狱里剩余的"盗贼"全部提出,押离从化县。

黄征义梦中常听见喊冤,只听声,不见人。他时常失眠,还会从梦中惊醒。任职期满,他托病辞官,返回家乡,闭门读书,不再过问朝廷政事。

一夜之劫

夜已深,万籁俱寂。褚三已饥寒交迫,欲起身回家,忽见大路西边有个比夜色更深的人影,闯出夜色,步履匆匆。

此条大路,是宁波、绍兴两府之间的要道,平时,来往行人络绎不绝。时值腊月廿八,夜色笼罩,行人稀少。也有两拨返家的客商,却是结伙搭伴。褚三不敢轻举妄动。

渐渐近了,借着朦胧的月光,褚三看出,是一个背着小包裹的老人。褚三冲出乱冢,举起柴杈,拦在路中,大声吆喝:"拿出银子,放你活路。"

老人放下包裹,立在旁边。包裹落地时发出响声。

褚三抓起包裹,像拎一只鸡一样,举到眼前,掂一掂分量。发出的声响立刻让他欣喜不已,说:"没白等。"

老人浑身颤抖起来。

褚三解开包裹，迟疑片刻，取出两锭银子，放在掌心，对着月光，看了看，放入怀中。他重又系好包裹，似乎要刻意恢复原样，然后，递向老人。

老人挪了挪脚，没动身子，一只伸出的手又缩回，害羞似的藏到背后。

褚三把包裹往路上一撂，说："已近年关，被迫无奈，我拿十两够了，其余物归原主。"

老人反倒后退一步，仿佛地上的包裹是个圈套。

褚三走出几十步远，回头。老头还像一棵枯树，呆立在路中央，显然惊魂未定。褚三再走一段路，回头。老人已融化在夜色里了。

褚三像刚从一个发财的梦里走出，这样的梦他做过多次，但怀中已焐热的银子证明了不是梦。他刹住脚，仿佛要重返梦境，先是疾走，后又奔跑，差不多有两里路。那个老人又从漫漫的夜色中浮现出来。

老人停下来，把包裹放在路上，呆呆地立着，说："要拿，你就拿吧。"

褚三的气息几乎扑到老人的脸上，他看到老人的疑惑和惊慌，说："老伯，我跟回来，没恶意。前边那段路，很冷僻，有树林，要是再有打劫，你的银子不保，还可能危及性命，我想……护送你到前边的镇子。"

老人说:"我以为你反悔了,赶上来呢。"

褚三说:"我知道,吓坏了你。"

两人结伴,就有了话。话语冲洗了夜色,似有了光亮。

褚三讲了他怕过年。半年前,给娘送葬,借了五两银子。三天前,张店主派人捎来口信:"年底还不清本息,大年初一要封屋拆墙。"他说:"家里缺米少盐,哪有钱还债?走投无路,干此勾当。"他还说:"瞒着妻子,妻子胆小。"

老人也坦诚相告:"我是慈溪彭桥人,在杭州开了个药铺。此次在绍兴收账,误了航船,只能徒步回家。"他说:"官府苛捐杂税,名目繁多,开个药铺,小本生意,勉强养家糊口。"

褚三没透露自己家在临山的一个小村庄,说:"今夜这十两银子,就算向你借了,日后一定归还。"

老人说:"若你要做生意,我愿再出银相助。"

褚三说:"够了够了,我已惭愧了。要是大白天,我都不敢看你。"

两人且行且聊,竟成了忘年交,不知不觉到了镇前。褚三说:"我会去找你的。"

那一夜,老人第一次笑了。

褚三没告诉妻子那一夜的奇遇,只说:"借了钱,拆东墙补西墙。"

还了钱,连本带息,八两银子。过了年,褚三用剩余的二两银子，在临山镇开了个杂货铺。夫妻俩辛劳节俭，和气热情，生意渐好。有一次，褚三上门送还了顾客遗落的银子。一时间，传为佳话。

第二年腊月廿八，褚三敞着店门，亮着红烛，畏惧噩梦，通宵无眠。妻子也不来打扰，任他静坐守烛。

第三年，腊月廿八，褚三突然提出要去慈溪彭桥村，而且携妻儿同行，还叮嘱妻子包上五十两银子。

妻子只是疑惑，丈夫从未说起过那里有亲戚呀，还带如此重的礼？

褚三生怕吓着了妻子，隐去了深夜打劫的劣行，只说了当年借了十两银子的事情："还债，开店。没有'昨天'，何来'今天'？"他已打探到老人已还乡，说："人家不来要，我们上门还。"

老人的生日恰在腊月廿八。见了老人，恍如昨日相遇。奉上三十两银子，偿还本息；二十两银子，祝贺寿诞。褚三委婉地表达了谢罪之意。

老人说："多了，多了。"又说："不提，不提了。"褚三仿佛终于走出了腊月廿八之夜的梦，说："没有那个夜晚，何来我的今天？"老人拂手，笑着说："忘了，忘了。"

老人竟宣布褚三是他失散多年的亲戚，而且，吩咐家人，留褚三一家三口，盘桓几天，过完年再走。妻子却蒙在鼓里。

约定的高度

深夜,邵作霖听见隔壁传来哭泣声,持续不断,还时而夹杂着幼儿的啼哭声。白天,他见过妇人穿着丧服手牵男孩给病逝的丈夫送葬。

第二天早晨,邵作霖和妻子一道前去慰问。那位妇人已泣不成声。其妻安慰她节哀顺变,悲哀过度会伤坏身子。

妇人说:"我娘儿俩往后怎么活呀?家中一贫如洗,儿子蹒跚学步,既要守寡,又要扶养孤儿,实在难有两全的办法。"

邵作霖问妇人:"你们母子俩生活最低限度,每天需要多少钱?"

妇人说:"如果每天能有五十文铜钱,再加上我给别人缝补浆洗,那么,就可以持守节操、扶养孤儿了。"

当时,邵作霖为县学的武学生,家境拮据,日常开支也是八个瓶,七个盖,摆不平,但他有气节,喜欢行侠仗义,看不得穷人的生活窘迫。

邵作霖果断地说:"那五十文铜钱我来出。"妻子向他使了个眼色。妇人搓着手,不知如何是好。

邵作霖顾自说:"我们做个约定,每天,我将五十文铜钱悬系在你家的柱子上,让你的儿子用晾衣叉去叉铜钱。这样,也可以增加孩子的乐趣和好奇。"

妇人将男孩推到邵作霖面前,要孩子向恩人跪拜。

邵作霖抱起男孩,指着柱子上的一枚钉子,说:"每天,我把五十文铜钱挂在这里,你用晾衣叉把钱叉下来。等到你长到十五岁的时候,你就不用叉子,可以直接用手够着了。"

妇人望着那枚铁钉,已生锈,何时钉上的,她记不清了,但知道那是丈夫所钉 —— 挂食物,让儿子够不着。

邵作霖还拿起顶端有两个齿的晾衣叉,那叉是个"丫"字。他当场蹲下,蹲成男孩的身高,像小孩那样,持着叉子做着示范动作。

男孩踮着脚,张着嘴,仰望着那枚钉子,叉齿勉强叉住了钉子,像"丫"字上加了一个点。

两个女人笑了。邵作霖的妻子说:"这孩子,多乖巧。"

邵作霖说:"约定了这个高度,等到孩子能直接用手够着了,就能为母亲分担生活,以此为限,就终止挂五十文铜钱。"

妇人说:"十多年?"

邵作霖说:"小孩见风就长,转眼就长大了。"

其妻说:"我家的儿子,已念书了。我还像做梦一样,怀上,生出,竟这么大了。"

告辞,回家,其妻说:"我给你使眼色,你只顾自己说。我们自己也不好过,这个家底,你不清楚?"

邵作霖说:"总比孤儿寡母好过,话说出口了,就不能更改,铁板钉钉。"

其妻不响。

那天起,邵作霖必定在头一夜凑足五十文铜钱,第二天一早,太阳升起的时候,前去把铜钱挂在柱子的钉子上。

起初,男孩很费劲,甚至垫个矮板凳去叉。日复一日,男孩熟练了,能轻易地叉下铜钱。

铜钱的碰擦声和男孩的欢笑声传过来,引起邵作霖的笑。儿子邵灿好奇,要过去看。

邵作霖特别叮嘱,可以跟邻家的小男孩一起玩耍,但是遇到事,要让小男孩,还定下一个规矩:"不能带小男孩进我们家门。"

邵灿疑惑:"我上他家玩,为啥不让他来咱家玩?"

邵作霖说:"你还小,等你懂事了,就会明白。"

其妻说:"你爹是不愿让别人看到家里这么乱。"

邵作霖悄悄对妻子说:"还是你了解我,男孩看见我们家的情况,传到他娘那里,会拒绝先前的约定。"

妻子说:"打肿脸,充胖子。"

邵作霖能省的就省,能减的就减,节衣缩食,饭桌上摆出的菜可怜,他只说好吃。他知道妻子已尽力而为了。巧妇难为无米之炊。

一转眼,邵灿考中了秀才。他和邻家的男孩亲如手足。那个男孩还没长到约定的身高,第一次来登门拜访。

邵作霖毫无准备,乱了手脚,仿佛男孩突然长高,他说:"已长成小伙子了。"

男孩表达了谢意,显然已预先打好腹稿,有点文绉绉。

邵作霖说:"我还不习惯听你这样说话,像邵灿考秀才口试。"

男孩终于说出:"我够五十文铜钱,先用叉,后用手。十二个春秋,那每日的五十文铜钱,支持我的成长,保全家母的气节,千言万语,都不足以感激那种恩惠。现在我已满十四足岁,因此,我要求从此终止约定,我已经能够自食其力了,我会以兄长邵灿为表率,边劳动,边读书。"

第二天,仍是太阳升起的时候,邵作霖将五十文铜钱挂在已磨亮的钉子上。两个女人在场,俨然是一场成人仪式。邵作霖取来晾衣叉。邵灿竟然匆匆赶来。

男孩心领意会,他蹲下,蹲成当年的高度,然后,举起晾衣叉,准确地叉下了五十文铜钱。他起身,肃立,施礼,郑重其事地将铜钱递交邵作霖。

邵作霖愣怔了片刻,然后,伸手接过。

男孩说:"我约了兄长邵灿来作见证,我已长到伯父当年约定的高度了。"

据《余姚县志》中《选举表·封赠》记载,清朝道光年间,朝廷赠邵作霖礼部左侍郎的官衔。生前称封,死后为赠。

汤圆之夜

那是发生在清朝的一个拾金不昧的故事。主人公韩如山,在余姚县城的通济桥头,早起晚归,卖汤圆。

事情发生在道光甲申年(1824)。其时,余姚连续两年遭受饥荒,讨饭的多了,盗劫的多了。

我喜欢汤圆,糯且甜,猪油拌黑芝麻的馅(现在,我已忌甜食了),也熟悉通济桥。1984年,我供职的单位在县府大院里,大门有一块匾:"文献名邦"。门对桥。当时,妻子已怀孕,每天接近半夜零点,她就饿。我拿着搪瓷缸子,去通济桥买馄饨。

通济桥如长虹,横跨南北两城。县府在桥北,我们家在桥南。桥旁立有一块石碑,题刻有"海舶过而风帆不解"八字。斗拱式的三孔两墩石桥,桥栏刻有对称的莲枝浮雕,桥顶望柱雕有狮首石像。主拱圆两侧的边壁有对联,朝东联为"千里遥吞沧海月,万年独砥大江流",朝西联为"一曲蕙兰飞彩鹢,双城烟雨卧长虹"。

我写这些是否有"广告"之嫌?文学评论中有个经典的概念"典型环境中的典型人物"。因此,我不得不交代环境。从镇海关逆溯甬江,直入姚江西而上,必经通济桥,故通济桥有"浙江第一桥"之称。韩如山坐桥头卖汤圆,即使遇上饥荒,他的生意照样做,水陆来往的客人会驻足、泊船,吃上一碗热腾腾的汤圆。

我写此文,跟韩如山相隔两百年。朝代更替,风云变幻。1984年,我几乎每天夜晚接近零点去通济桥买馄饨,也只有一个小摊头做馄饨。我知道,汤圆应当场食。白天,我嘴馋,县府旁的国营餐馆有汤圆,常以汤圆代替午饭。那时,小商小摊晚间出现。其实,与通济桥并排不远有座江桥(现改为新建桥),夜间也有一个小食摊,我却独买通济桥那一个小摊的馄饨。恍惚中,以为韩如山又显现了,像悠远的梦。

幸亏韩如山的玄孙韩培森有遗文,选入了1993年版的《余姚县志》。那汤圆的生意没能延续下来。韩如山年少时就成了孤儿,他靠做汤圆为生,还娶了妻子。卖汤圆的地点,固定在通济桥桥头,撑起一把伞,遮阳挡雨。

有一天申时,即约莫下午四点,有一个中年男子来到韩如山的摊头,坐在小矮凳上。韩如山几次提醒要"慢慢吃"。看来,这个人没有吃午饭。

刚出锅的汤圆饱含热度。中年男子草草咬一下，匆匆咽下，还吹吹气，连汤也喝尽。他起身，急急入了桥南那条窄窄的街，消失在人流之中。

韩如山发现，小矮凳下有一个小布袋。一拎起，哗哗响，沉甸甸的，是一包银子。他抬头望，那条街，像有人洗澡的小河，浮出一溜晃动的脑袋。

于是，他望着那条小河，期望有一个人出来，匆匆上岸。船上、陆上，也有几位陌生或熟悉的食客。那浮起的汤圆，在沸水里浮动，像溺水呼救一般，已没往常淘气、自在的景象了——他喜欢欣赏锅中的风景。

江南直街，像繁星降落，点点灯光亮起。糯米粉和馅子已用完了。他收起伞，把炊具放入箱子，扁担横放，随时准备挑起。

整座桥有一百零六级石阶。他坐在如虹的桥顶平面上，面朝南，望直街，等候那个中年男子。组合起来的零碎记忆，反复浮现那个匆匆的模样。

江南直街似乎入了梦境，静谧下来，只剩几点孤寂的灯光。水在桥下潺潺地流淌。他挑起担子，离开了桥。

妻子张氏已有身孕，韩如山不在，她睡不着，正守着油灯，缝婴儿的衣裳。她说："我担心你出事呢。"

51

韩如山把小布袋放在桌上,一放,喧响。

卖汤圆,勉强维持着一家日常生活。这么多银子一响,张氏惊了一跳。

韩如山说起了他的等待——那个中年男子行色匆匆的样子,一定有急事,却遗落了布袋。他说:"我卖一辈子汤圆,也挣不了这么多银子。"

张氏不安了,念叨:"那个人,一定要用这袋银子办急事,你还是回桥上去等候吧。这年头,失了银,会要命。"

韩如山一向不急,此刻,屁股还没坐热,就拿了小布袋,说:"你先睡,别等我,我也不知要等多久。"

张氏说:"不来,你就等,到黎明也要等。"

远远地,韩如山望见桥头立着一个人,就在他煮汤圆的地方。渐渐近了,他听见哭泣声。

月光里,韩如山一到桥脚,那个男人就认出了他,立刻跪在石阶上。

从没有人向韩如山下跪过,何况是一个男人。他忙用手去扶,说:"受不起,受不起,你这礼我受不起。"

中年男子的弟弟因抗税(地受灾荒),被关进了牢监,他筹借了银子,去赎人(说是赎罪)出狱。其中的一些银子,他先找衙门的一个官,通关。可是,摸到那个官的门口,却发现小布袋不见了。

韩如山也有过心与物脱离的经历,心想着一件事,匆匆前往,却察觉要紧的物件遗忘了。他递上小布袋。

中年男子双手捧着小布袋,仿佛与失散的亲人重逢,说:"性命交关,回来就好。"

韩如山第一次仰望星空,如释重负,一身轻松。

中年男子取出十两银子,表示酬谢。

韩如山像怕接烫手山芋一样,说:"使不得,使不得,银子用作赎人,少了,恐怕不起作用。"

如虹的通济桥上,两个人的影子,聚了,分了。谁知?谁记?无数小人物都消失在历史的长河中。

不久,张氏顺产,喜得贵子。韩如山卖汤圆,供儿子读书。

卖汤圆,到韩如山这里为止。其孙子也念书。玄孙韩培森入了翰林院。韩家成了书香门第。唯有韩培森记下了先祖韩如山的逸闻(称饥荒年月里的那个夜晚为"汤圆之夜")。每年祭祖,案上只供汤圆。

一支好笔

诸重光无论公文,还是诗文,都是公认的一支好笔。

诸重光,字申之,号桐屿,为乾隆二十五年(1760)一甲第二名进士,俗称榜眼,被授予编修之职。

乾隆十八年(1753),他考取举人,受朝廷征召,任内阁中书,在军机处当值。当时正值朝廷出兵平定新疆伊犁叛乱,军机处各种文书纷繁复杂,多由他草拟,而且,传达、宣布、调卷、发送等事宜,他做得忙中有序。内阁大臣倚重他,像左右臂。

重要的公文几乎都出自他之手。有一次,内阁大臣受皇帝的旨意,让他起草一份千字公文,他一挥而就,一个字也不用改。

诸重光的诗文精彩,他以北宋的苏轼为师。朝廷里的高官常常受人之邀,写碑志、赋、跋之类的文章,官员就让诸重光捉笔。他妙笔生花，竟能将委托人的官职和文章的品位写到一致的境界。

诸重光完稿后，让对方誊录一份，随即，当着面，焚烧原稿。他称此为无牵无挂。他在朝廷的人气甚旺，人缘甚佳。他办事，让人放心。

考取进士后，担任编修。他主持山东乡试，当主考官，过后考核，政绩一等。后被放到地方任职，担任湖南辰州知州。恰遇辰州山溪暴发洪水，毁田死人甚多，他被弹劾、免职。

他身心疲惫，返回故乡的途中，死于湖北鄂渚。

朝廷里的官员获悉他的死讯，很惋惜，那一支笔怎么应付得了那么大的水？官员们知道，诸重光生平著述甚多，却没存一篇自己署名的文章。他总是为他人作嫁衣。其知交，同榜状元毕沅曾与他在军机处共事，说："诸重光的才能足以处理纷乱错杂的事务，他更以诗人身份显现在众人的记忆中。"

诸重光的儿子诸开泉，号秋潭，名与号多水，十二岁时父亲去世。父亲遗留的书被送返故里。见书如见父。他在阅读父亲读过的书中成长，成了县学读书的秀才——即廪生，每个月享受朝廷的粮食和补贴，后被县学推荐。朝廷有官员仍记着其父的一支妙笔。他入国子监读书，放官到离故乡不远的镇海县任教谕。

诸开泉将父亲的书籍也带到了镇海。他发现书中夹有零星残存的诗文,像书签。他搜集了起来。他有心拜访父亲生前的好友及其晚辈,发现裁开的纸上,或者有题词的扇面上,有他熟悉的父亲的残文和笔迹,就设法讨回。就好像父亲被岁月之流冲为碎片,那碎片组合起来,渐渐显出了一个完整的形象。

他分门别类,将父亲的手迹汇集成册,如水珠聚为流,又流成溪,汇入湖,成为一湖静水。他将书稿定名为《二研斋遗稿》。朝朝夕夕,他总会抽出时间,登上山头,面朝大海,凝望日出日落、潮起潮落。

父亲的名声,如一条路,伴随着诸开泉的仕途,由朝廷铺到地方。不过,诸开泉惜字,他的心里文思澎湃,却不轻易流入纸面(有人猜,他写好了,藏起来,不示人),一字难求。有人说他吝啬,有人慕名前来二研斋(仍是父亲当年的门匾)拜访,请他代笔著文,类似父亲生前的那类碑志、诗赋,甚至,有人(多有来头)还拿出他父亲当年的"范文"——点菜。

诸开泉好茶好饭款待,但委婉拒绝:"实在抱歉,我这支笔枯了,父亲已把我该写的诗文写尽了。"

颂 体

陈梓是临山的名士,他白天学堂教书,夜晚读书著文。他称此为阴阳调和,吐故纳新。

一天深夜,有人慕名从扬州远道来他的住所卧雪轩造访。他对扬州的风景有过向往。

那个男子竟然对陈梓了如指掌,敬佩他的为人为文。雍正元年(1723)陈梓被官府选为博学鸿儒,次年被推举为贤良方正,但陈梓拒绝入官府。陈梓毕生未到过京城,人品学识却誉满京城,各地公卿学士对他推崇有加。他只是不出"山",常以诗文书画会友,其乐融融。那人说:"你的诗文,已流传到扬州的民间,可谓妙笔生花,我反复欣赏过了。"

陈梓被那个男子说得有点尴尬,仿佛说的是另一个人。当面如此夸赞他,虽然罗列的均为事实,但他还是难为情了,毕竟相互陌生,却也不由得增加了些许稔熟。远道而来难道仅仅是见他这个人,读了文想见人?

转而,那个男子说:"妙文要有好素材,我来送一个好素材,唯有你能写,其他人会糟蹋了这么好的素材。"

陈梓也自感文章已陷入套路,难觅新意。他做出聆听的姿态,往灯里添了油。

故事的主人公是那个男子的表姐。她孝敬公婆,善待姑叔,嘘寒问暖,端茶送饭,纺纱织布——陈梓也多闻余姚这片土地有这样的贤妻良母。

那个男子在叙述中时而加入议论——多有溢美之词,陈梓在心里做了删除。这像他对学生的评语,难免有给家长看之嫌。

那个男子似乎先铺垫,后抖出。一个情节使得陈梓眼前一亮,他顺手挑了一下灯芯。

婆婆生病,久治不愈。那个媳妇——也就是那个男子的表姐,陪着婆婆去了多位郎中那里就诊。最后,有一位老郎中,开了一个家传秘方。媳妇割了自己臂上的一块肉,给婆婆做了药引子,婆婆的病情好转,已能上街散步了。

余姚有孝子割股肉,做父母治病的药引子,此事县志里多有记载。可是,孝女——媳妇割臂肉做药引子,陈梓还是第一次获知。难能可贵啊!现在世风日下,孝妇的事迹,可教化世人,匡扶正道。

陈梓说:"扬州当地有许多文人,可否著文表彰?"

那个男子摇头:"我们那里的文人墨客对此无动于衷,所以,我慕名前来。"

这篇赞颂孝妇的文章,陈梓还给学生作了范文——他的课文,多亲自撰写。因地制宜,取之当下,就不隔阂。随后,文友将此作为陈氏颂体的范例。以往的颂体的对象是皇家贵族,而赞孝妇,是面向平民百姓。无论题材、手法,陈梓都开了颂体的别样之风。

第二年,陈梓突然有了这样的兴致。第一次远游,他选定了扬州,看风景,见个人。印证书里所读、他人所讲的景与人。

没找到那个男人,据说,外出经商了。他依据那个男人所述的方位、街坊,找到了孝妇居住的宅院,描述与实物终于对上了。

孝妇的婆家和邻居知道了陈梓就是赞颂孝妇的人,那反应如倒春寒,好像终于找到了倾诉的对象。哭诉、咒骂,所指的恶妇,似乎并不是孝妇——颂文和现实判若两人。那个割臂肉做药引子的情节根本不存在,倒是差一点用菜刀割了婆婆的肉。

那位婆婆被女儿搀扶着出来。陈梓终于知道,那个男人——所谓"表弟",是所谓孝妇的情人,"表姐"已跟着情夫走了。

陈梓的颂文一度成了恶妇的幌子,像虎皮大旗,助长了恶妇的嚣张。他想不到,自己的文章竟然成了恶妇的挡箭牌。这岂不是助纣为虐吗?

已无心情游览风景,像生怕怨愤转移到他身上那样,陈梓匆匆离开扬州。回到临山,他只字不提扬州的遭遇。他闭门不出,整理文稿,把那篇颂文从《一斋杂著》中剔除、焚烧。那纷飞的纸灰,像恶妇的幽灵。此形象非彼形象——一美一丑,但他不便公开否定颂文在本地的好影响。

定稿时,他将文集改为《删后文集》。文友遗憾他删除了标志着陈氏颂体"巅峰"的那篇文章。陈梓有苦难言,他只说:"删后文字,表示告别,辞旧迎新。"

学堂里,陈梓也剔除了那篇颂文。他只是强调,为人要正直,为文要慎重。从此,他不再写范文了。文友怂恿他将颂文推向极致,可他说:"已封笔了。"

牌　位

史湛仕途生涯中的第一个官职是买来的。

乾隆二十六年（1761），河南发生大水灾，朝廷开了豫工例。豫工例是捐钱买官的一种应急措施，以此名目筹集资金，用于修复水利。按例，史湛获得官职，授予山西猗氏县（今已与临晋镇合并为临猗县，属运城市）知县。

史湛已熟悉官场的运作奥秘。其父史锦，为雍正四年（1726）顺天榜举人，最后一个官职是山东济宁知州。史湛自小就跟随父亲。父亲处理政务和案件，他耳濡目染，而且，好学好问，总是站在平民的角度提出疑问。父亲视他为成人，会耐心解惑答疑。

史湛很快获得了百姓的好口碑，调往山西榆次县（现为晋中榆次区）任知县。雍正六年（1728），父亲去世。史湛回家守孝。守孝期满，重新被起用，赶往湖北咸宁嘉鱼县任知县。不久，调任钟祥县（今荆门钟祥市）知县。紧邻的京山县百姓严金龙揭竿造反。史湛受命，前去平息，捕获了严金龙。史湛被提拔为襄阳同知。频繁调动，如救火。半年后，他代理武昌府知府：凡全府要案难案，均由史湛审理。

荆州有一起大案，惊动了朝廷，相国阿桂亲自督办。过了一个月，仍未审结。阿桂点史湛办案，五天就结了案。阿桂上奏折，举荐史湛。从此，史湛办案的才能传遍了朝廷和民间。

襄阳多事难治。史湛被任命为襄阳府知府。正逢邪教滋事，史湛微服查访，缉捕教主。

荆州、襄阳、郑阳三地的盗匪异常猖狂，公开烧杀抢掠，蔓延到了孝感，距离汉口仅五十里，居民惊恐不安，纷纷逃离。史湛被调任武昌府知府。汉口和武昌之间，隔着一条大江。史湛临危受命，安定民心，平息匪患。

宜昌有一个平民，来上诉。八年里，那个平民把起诉"打官司"当成了一个职业，病急乱投医。史湛接了一个陈年的冤案，仅一天，就结了案。那个获得平反的平民，回家后，就在堂上给史湛立了牌位，每天烧香磕头。

盗匪如蝗虫，已到了宜昌。一伙强盗闯入那个平民的家里，看见堂中的牌位前供着香烛。强盗头目做了一个安静的手势，惊诧地问："你也知道颂扬史湛大人的仁德啊?!"那个平民陈述了冤案被平反的事情。强盗的头目说:"要是史大人早来几年,我也不会被逼得干这种勾当。"那个平民准备沏茶迎客(他打了八年的官司,已把家当打空了)。强盗头目见他处乱不惊,一副平静、坦荡的样子,就摆手,带领同伙退出。

于是,宜昌的百姓相互传告,纷纷在家中立史湛的牌位。强盗闯入,看见史湛的牌位,仿佛得到了禁令,就会秋毫无犯,自觉退离。

因盗匪窜入陕西,史湛被提拔为陕西延榆绥兵备道。赴任的途中,由湖北总督向朝廷上奏,史湛代理湖北汉黄德道道台。官署设在汉口,史湛受总督的委任,全权掌管军需。一年后,他积劳成疾,在任上去世。朝廷下旨,派特使前来祭祀,给予银两抚恤,赠太仆寺卿,牌位列入昭忠祠。其一个儿子享受世袭官职。

卖身契

黄邦辉十岁那一年,打算把自己卖掉。

那是乾隆十七年(1752),发生了大饥荒。黄邦辉的父亲卧病在床已好几年。母亲胃病加重,胀闷,隐痛。郎中开了方子,却没钱抓药。家中的米缸早已清底。屋里冷冷清清,像弥漫着驱不散的寒气。

黄邦辉时不时听见肠胃发出空寂的响声,他忍着,不响,只是焦急。

离家不远的通济桥脚边,常年孤独地坐着个老者,专门代人撰写诉状、契约、家书,他人脉广,见识多。

黄邦辉不说是自己,而假托有个小伙伴,口拙,腼腆,想找个好人家卖身,因为贫穷的家庭多不起一张嘴。

老者立刻想到了谷子韶。谷子韶家道殷实,只是结婚多年,生有一女儿,早已出嫁,却没有儿子。谷子韶望子迫切。

老者说:"你这么年小,就替人出面,能让我见见你那个小伙伴吗?"

黄邦辉不得不说:"是我,我打算把自己卖掉。"

老者听他叙说家里饥病交集,赞赏他有孝心,这么小,就会舍身救父母。

黄邦辉说:"这桩事,可不能让我爹娘知情,爹娘会受不了。"

老者领着黄邦辉去见谷子韶,隐瞒了背景,只说买卖。

谷子韶看着黄邦辉就喜欢,一双有灵气的眼,竟能随口应答《诗经》《春秋》里的内容,一字不差。

黄邦辉说:"六岁时,爹娘供我读过私塾。"

谷子韶不放心,期望他的父母出面交接。当然,老者作证,并写卖身契。否则,有后患,可能成了儿戏。

黄邦辉咬定自己代表了父母的意愿。

谷子韶有疑,说:"你既不是孤儿,又不是父母赶你走,为什么来卖掉自己?"

双方僵持。黄邦辉咬住嘴唇,急出了泪。老者替黄邦辉道出了实情。然后,递上卖身契。

谷子韶惊叹,说:"十岁的孩童就出如此计策,拯救父母于水火之中,难得,罕见。"

黄邦辉当即跪拜。

谷子韶摇头，摆手，去扶他，说："不敢当，不敢当，我欣赏你，但不敢当。"

黄邦辉跪着，说："你不接受，我就不起。"

谷子韶烧掉了卖身契，说："你还是回家照顾父母吧。"

黄邦辉仍跪着。

老者说："只当这孩子过继给你吧。"

黄邦辉立即三叩首。

谷子韶抱起他，说："我做梦也梦不到有这样懂事的孩子，穷人的孩子早当家呀。"

接着，老者作证，谷子韶承诺，给予黄邦辉加倍于契约所写款项——医治黄邦辉父母的疾病，只提了一个要求："有了空，来我这里走动一下。"不久，黄邦辉父亲在床上病逝，病毕竟拖得过久了。

乾隆二十一年（1756），黄邦辉母亲胃痛剧烈（多帖中药治不了老胃病），一夜难眠。邻居的蜡烛不小心栽倒，引起火灾。一连片的木板墙，火灾殃及了黄邦辉的家。风趁机鼓动，火势蔓延开来。

黄邦辉赤脚背着母亲钻出烈焰，头发也被火燎焦了。

母亲受了惊吓，病情加重，三天后，气绝。谷子韶出面，按习俗操办丧事，每一个环节都周到。

夜间，黄邦辉就露宿于母亲的墓旁（双穴坟），因居丧过度,身体孱弱。谷子韶亲自送一日三餐,还搭了个草棚,给他遮挡风霜。有一天,墓旁的一棵枯树竟然发出了嫩绿的新芽。

老者也闻讯赶来,说:"枯树也有灵性呀,被孝子感动了。"

谷子韶有意将自己的家业传给黄邦辉,就把自己的外孙女许配给了他。

三人行

诸重光、毕沅、童凤三,是军机处同僚。三人有共同的志趣:爱思考、擅诗词。三人共事,关系融洽,相互照应,抱团取暖。而且,都明确要一起参加殿试。

乾隆二十五年(1760)的殿试时间定在四月二十六日。四月二十五日,轮到三人值夜班。

三人的友情起点在乾隆十八年(1753),三人同时考取了举人,又同时以举人的身份进入军机处做官。

诸重光是余姚人,私下以北宋的苏轼为师,是军机处的笔杆子。接受朝廷旨意,草拟千余字的文稿,他挥笔而就,一气呵成,不改一字。朝廷内阁大臣倚重他如左右臂。多位大臣题写碑志之类的记、序、赋,频繁让他代笔,他有求必应。碑文刻好,他就焚烧原稿。

后来官至湖广总督的太仓人毕沅如是说:"诸重光的才能足以处理纷乱错杂的事,见识足以平定扰乱,气势足以震慑浮夸,他已不仅是作为一个诗人显现在众人面前。"

四月二十五日傍晚,三人齐到军机处值班。平日三人的主要职责是撰拟诏令、草拟谕旨、记载档案、查核奏议。夜间值班,一般情况没有事情,偶尔会传达或发送个急件。

童凤三推诸重光开头:"你说话妥帖,容易让人接受。"诸重光和童凤三想回寓所温习备考,那样就互不干扰。诸重光对毕沅说:"你在这里应付就够了,我俩书法好,可望夺魁,你的书法略逊一筹,就替我俩值班吧,有火急的事就呼唤一声。"

毕沅年长八岁,遇事总是让他俩几分。他是个慢性子,平静随和,不急不躁,就说:"你俩放心去吧,有事我来招架。"

诸重光还故意挑逗一句:"有怨言就说出来。"

毕沅说:"小事一桩,心甘情愿。"

三人默契地一笑。因为,殿试有一个不能亮到台面的现象:偏重书法。书法是表达内容的方式而已,但好的书法会为考生增加分数,能从众多考卷中一下跳出来,让批卷者眼睛为之一亮。

夜深了,突然转来军机处一份文件,相当于抄送,是陕甘总督黄迁桂的关于新疆屯田事项的奏折。

毕沅记得进军机处的头一年,朝廷出兵征讨并平息了新疆伊犁叛乱。他细细研读了奏折,将记忆中的平叛和当下的屯田联系起来,忘了也该准备考试的事。不知不觉,东方吐亮。他以凉水洗面,随后前往殿试考场。

毕沅料不到,殿试的策题,正是新疆屯田事宜。他胸有成竹,落笔顺畅。

结果,三人都榜上有名。毕沅为廷试第一,即状元;诸重光为一甲第二名进士,俗称"榜眼";童凤三得二甲第六。

三人聚会。诸重光和童凤三祝贺毕沅夺了头魁。

毕沅拱手,说:"我感激两位让我值班,等于让我,给了我一个取巧的机遇。"继而,又说:"要是让你俩遇上,一定比我发挥得还要好。"

诸重光说:"如同写诗,功夫在诗外呀。"

童凤三说:"三人行,必有我师,还是性情决定命运。我自愧不如,温习一夜,扑了个空。"

祖父的脊背

叶氏家族在姚城的名望,多来自桥。

叶氏家族,是姚城的名门望族。家族世代,获封甚多。曾祖父叶祖山,封奉政大夫。祖父叶国禧,是贡入国子监读书的贡生。叶国禧的儿子叶樊为候选县丞。叶氏祖祖辈辈,有个传统:慷慨施与。

叶祖山谈起人间俗世,常以桥做比喻。孙子叶樊则修建了数座实体的桥。姚城里的大桥,均为叶樊所建。那个年代,出行多凭船行水路。有三条江河流往姚城。城东门外的黄山桥,是宁波至绍兴的官道,坍塌已久,叶樊亲自负责重建,将原来仅有的一个桥洞扩建为三个桥洞。还整修了姚江上的通济桥,同时整修了石匮桥(即石巍桥)、城南门外的转粮桥(即现今的最良桥原址)。转粮桥是四明山各路溪水汇流之处,已有明显裂纹,叶樊将一洞扩建为三洞。北门外的候青桥,接纳姚城西北的水流,叶樊将三洞扩为五洞。

姚城内的大桥,多受海水潮汐、山洪暴发的冲荡撞击,遭遇连续大雨,排泄不及,雨水淹没农田,浸泡民宅,而且,水流湍急,倾覆船只。叶樊对江与桥悉心勘察,亲自督建,捐资不足,则以家族的资金充实。新建或重建数座桥,使得水道宽畅,消除灾患,尤获农夫、船夫不衰的称赞。

叶祖山深爱孙子叶樊,他说:"我仅常言虚桥,我孙则多建实桥,一言一行,一虚一实,祖孙都有桥的情结。"

叶樊听父亲叶国禧说过关于祖父的脊背的一桩趣事。所以后来,每当一座桥竣工,他会远远地对着桥,模仿祖父弯腰弓背的姿势,仿佛自己就是一座桥:一座桥向另一座桥表示敬意。

叶樊的长子叶焌,为道光甲午年(1834)举人,性情温和,一生不与人计较。叶樊欣慰地说:"我儿有高祖父、曾祖父的气度。"而叶焌的儿子叶其邅,性格刚正,毫不苟且,二十岁补为廪生,每月享受朝廷的补贴,潜心研究心学。后人对其有评语:反躬实践,刊落声华,屏绝论议。就是说:他严格自律,注重实践,竭力删去自己的光环,弃绝议论他人。

一天,叶祖山在庭园里弯腰细赏兰花(平时总是腰板直挺),仿佛表示对花儿的尊敬。儿子叶国禧陪同。庭园内很是

幽静,有鸟鸣,有蝶舞。

忽然,有一个年轻男子闯入,径直疾走过来。

叶国禧从来没见过那张陌生的脸,他以为那个人有什么急事,便向父亲传报。

年轻男子竟然连续三下拍打了叶祖山的背,不发一言,即刻转身,原路离去。

父子俩望着年轻男子渐行渐远的背影。叶国禧终于反应过来,喊:"站住。"

守宅院大门的人拦住年轻男子,要去扭住。

叶祖山过去,说:"放行,放行,让他走。"

叶国禧说:"父亲,他私闯民宅,不明不白、莫名其妙拍了您三下,应当审问。"

叶祖山摆摆手,说:"拍得不重,可见并无恶意。"

年轻男子临跨出门槛,还回头对叶祖山一笑,一脸孩童般的淘气和得意。

叶国禧背着父亲,差遣两个仆人,跟踪过去。

不到半个时辰,两个仆人返回,禀告说:"那个年轻男子进了一个小饭馆,饭馆的包厢里,有一桌酒席,已经有几个同龄的男子在那里等候,他一到,就开席。"

通过他们的喧哗,两个仆人获知,原来几个年轻男子凑钱喝酒,还打了个赌,说谁能侮辱叶老头,就免除酒钱。

两个仆人目睹了那个年轻男子的得意和自豪——唯有他有这个胆量拍了奉政大夫的背,而且,不慌不忙地拍了三下。

叶国禧忍不了无聊之人拿父亲背脊设赌注,找乐子。他召集了几个仆人要去出一口气:"不蒸包子,蒸(争)口气。"

叶祖山不知什么时候出现了,依然腰板挺直,是站如松的姿势。他摆摆手,笑着说:"不就是拍了三下吗?也让别人找个乐趣吧,我什么也没少呀。"他悄声对儿子说:"你给我捶背,他给我拍背,不是都想到我了吗?"

叶国禧示意仆人散开,说:"爹,那不一样。"

叶祖山作一个弯腰弓身的姿势,背与地平行,像桥,说:"人与人之间,要有座桥,供人过。他拍我的背,就是过桥。"

傍晚,一个仆人来报:"那个拍老爷的年轻男子突然死了。"

那个年轻男子因免除酒钱,白喝酒,喝过度,很激动,在饭馆的包厢里,突然跌倒,断了气息。

叶国禧说:"不用我动手出气,他自己绝了气。"

叶祖山说:"乐极生悲,那么活泼的青年,那座桥断了,可惜,可惜。"

叶国禧按父亲的意愿,派那两个仆人送去一个花圈、一笔丧葬费,特意叮嘱,在墓前祭洒一瓶酒。

另一半

吴大本,字三渊,号双匏。他尤其擅长文章、书法、卜卦。他立下规矩:穷人不收费,只收做官人的钱。因为穷人让他写个对联,只是添个喜气,图个吉利,而做官人求他的文章,得到文章的同时,也获得了书法,一举两得。

嘉庆六年(1801)为辛酉年,朝廷逢"酉",选拔人才。吴大本以贡生的身份入国子监读书,参加乡试,考举人。考官推崇他的考卷,将其列入备取名单(副贡),最后他放弃了。

有一位吴大本的至亲,知道吴大本的底子,感叹他的运气差,打算出面替他疏通关节。吴大本断然拒绝,说:"仕途之道,我走不通。"

吴大本以贡生的资格返乡定居。余姚城内,都知道他学养深厚,文章了得。他的生活来源有二:一是教授学生的酬金,二是撰写文章的收费。教学的酬金,他时常用来接济穷困的平民,称为"雪中送炭";而官员慕名来求文章,他收费颇高,叫"锦上添花"。

道光元年(1821),余姚知县石同福,派贴身亲信传话、送银,说:"银子一百两,以求三渊的文章。"

吴大本接过五十两银子定金,说:"出手如此大方,可我还不到一字千金的程度呀。"

三天后,石同福亲自登门取文章。吴大本递上一半稿子。

石同福疑惑,说:"劳烦你念一念。"

吴大本说:"收到一半的银子,我写到一半时,手中毛笔就自然歇息了。"

石同福说:"你的文章一向一气呵成,可是,此文残缺,难道要且听下回分解?先前五十两是定金,现在如数补上。"

吴大本不接那五十两,说:"我写文章,向来由着兴致,现在要弥补另一半,我已力不从心了。"

石同福只当吴大本在开玩笑,却感到遗憾。不久,他去探望父亲。

石同福的父亲石韫玉,为乾隆五十五年(1790)状元,官至山东按察使,是著名的学者和诗人。他读了儿子携带的残缺文章,说:"三渊在考验你,你能凭自己的底气续那未写出来的部分吗?"

石同福要求父亲客观地评价已写出的那一半。石韫玉说："这是一个字值一副双色细银的文章啊，虽残缺，却不失为一篇好文章，唯有吴大本能做出来。"

返回余姚，石同福去吴大本家，轻轻地叩门，直截了当承认自己失眼。两人交流甚切，当即结交为朋友。

此后，石同福时常造访，和吴大本聊谈，绝口不求文章和书法。据传，石同福试图续写另一半，均接不上气。

晚年，吴大本号"达蓬山人"，有人称其为"达蓬仙人"。猜他定是自谦，去掉了单立人。他八十大寿时，谢绝门客，唯放石同福来祝寿。那时吴大本已双目失明。

石同福终于提出，要一书法条幅，挂在客堂正壁上，以示纪念友谊。

吴大本展开空纸，用手估量着纸幅的长短，然后，像明眼人那样，从容挥毫。

石同福的目光紧紧追随一个又一个字。待到吴大本歇了毛笔，他惊喜，说："我妄想了多年，苦思冥想，也难以续上另一半，今日让我大开眼界了。现在，我可以理所当然地补上另一半银子了。"

吴大本说："这么多年，我交往的官员唯有你，我不想留下遗憾，你要补上一半银子，另一半文章就会残缺。"

石同福说："留住，留住，你心明眼亮，我差一点又失眼了。"

过了两年,吴大本无疾而终,享年八十二岁。据说,吴大本能预知一个人的穷通寿夭,即困厄还是显达,长寿还是短命。他知道八十二岁是一道过不去的坎。他说过:"我开始烦自己了。"

老用人

诸豫宗先水路,后陆路,远赴西宁县上任,唯有老用人伴随。

一箱书籍,一箱衣物。

老用人不老,仅比诸豫宗大一肖,正当中年,操持诸家的法度二十多个春秋,谨慎、诚实、细致、勤勉,没出过一点差错,没做过对不起人的事。诸豫宗信任他,已视他为家人。

诸豫宗为道光二年(1822)进士,被授予西宁县(今青海省省会)知县的官职。刚一上任,他就开始处理积压多年的案件,废寝忘食。幸亏有老用人里里外外照料起居饮食,腿勤手精,还定期让他过目收支的账簿,诸豫宗才能完全抽身,专心投入案件,且钱物一概不过他的手。

老用人每天都会早一次晚一次上街,采购食料。傍晚出,只图菜蔬价廉。他很快就跟当地百姓混熟了。人们都高看他。

诸豫宗断了案,临睡前,见老用人会问:"外边有什么议论?"老用人说:"今天在街市上,听许多人'啧啧'称赞你,叫你'诸青天'呢。"

诸豫宗已将老用人视为"晴雨表"了,像他的耳目,及时反映民情民意。

有一天早晨,一个男人击鼓起诉:控告一个妇女杀丈夫。

那是两天前发生的一桩杀人案。起诉人是一个小店主,专营羔汤,羊羔来自那个妇女的丈夫,其丈夫是屠夫。店主和屠夫曲里拐弯沾点亲。店主为屠夫申冤,说:"她叫我的朋友戴了绿帽。"

唤来两告(原告和被告),对簿公堂。那个妇女垂头无语,也不辩解。况且,那一把沾血的剪刀是证据——裁衣的工具,却成了凶器。

诸豫宗当场判决。妇女被打入大牢,等候将同谋一并缉捕,斩首示众。而店主回去,随时配合办案。

吃饭桌上,诸豫宗问:"外边有什么议论?"

老用人略有迟疑,说:"都说那个偷男人的女人心毒手狠,不判不足以平民愤。"

毕竟相处已久,诸豫宗察觉老用人的神情有点怪异——总是避开他的目光。而且,菜放的盐多了。他只得少夹菜,多吃饭。

老用人说:"一不小心,盐放多了。"

诸豫宗说:"还好还好。"

夜色已浓。老用人说:"有点事,上趟街。"

诸豫宗先在院中踱步,后竟不知不觉步入老用人的寝室。以往,仅老用人进他的卧室,整理内务。他还是第一次单独进老用人的寝室。室中俭朴,样样物品都摆在该摆的位置上,整洁、有序。他好奇,揭枕掀席,顿时愣住。

枕头、席子下边,铺排着亮亮的银圆。诸豫宗清楚,身为知县,俸禄与开销一般都是收支平衡,略有结余。数百银圆,已超出他的俸禄。

老用人归来,也一愣。诸豫宗没掌灯,坐等在卧室里。老用人每天临睡前,都要来问候一声,以便安排明日之事。

诸豫宗直截了当,追问银圆的来历。

老用人慌了,道出实情。那个店主是杀屠夫的凶手,他调戏那个妇女,被屠夫撞见,屠夫翻脸,动刀威胁。他顺手操起剪刀。屠夫当场毙命。店主以妇女不满周岁的婴儿要挟,要妇女选择顺从。还保证,她坐牢,他等待,并抚养其孩子。而且店主已打算接手屠夫的生意,且从中减少一个环节,直接掌控羊肉的源头。

诸豫宗一夜无眠。第二天,他派人调查妇女的生活背景,随后，提审了那个妇女。他观察她，一副善良温柔的样子，还让她伸开手。据差人反映，她确实没有外遇，一向安守妇道。

传唤那个店主，其表情、言语出现了漏洞。诸豫宗叫人抬出了一只预先准备的羊，让店主用剪刀刺羊。店主顺手，剪刀深深地刺入羊体。

诸豫宗说："一个裁布制衣的妇女，手狠不到这样的深度。"

放了妇女，绑了店主。杀人偿命，栽赃，罪加一等。

结了案。诸豫宗第一次钱过手——借了一笔可观的钱，包起，交给了老用人。

老用人不敢接，只是恭敬地说："老爷，我有错，给你的脸上抹黑了。"

诸豫宗问："外边有什么议论？"

老用人说："我不敢出门，没脸出门。"

诸豫宗说："明天让你出远门，带上这些银圆。"

老用人流泪说：老爷，跟随你这么多年，我一时犯了糊涂，今后一定夹紧尾巴做人。

诸豫宗说："你待在我身边已不合适了，官场不能做交易。你跟我这么多年，照顾我细致入微，没功劳也有苦劳，我无以报答。你暂且用这些银圆，回老家开个小店，做生意你有这个底子。有何难处，不妨来信。"

老用人默不作声。

诸豫宗交给他一封家书，信封书有"父母大人收"，而不是以往惯用的"启"，因为，信封敞着口。他说："回去，还是住原来你住过的房间吧。"

篾匠"独路头"

朱家村原先是个大村庄,朱姓为大姓。乾隆年间,朱家村变成了镇,改叫竹家镇。听说是因为朱与竹谐音。

竹家镇位于一个山岙,四面环山,山不高,且都是竹山。镇子里家家户户都会制作竹器,手艺最好要数"独路头"了。

"独路头"是他的绰号。他是个一根筋的人,独攻一路,连娶老婆都不上心。可是,竹家镇各家各户,至少有一件竹器是出自"独路头"的手。

竹家镇出产的篾席、香篮、饭笼、眠床、躺椅、枕头、鞋篝、坐车,甚至竹人竹马,样样美观,经久耐用。据说,"独路头"编的竹器,陈列在了京城店铺的货架上呢。不过,"独路头"本人,可是连县城也没去过。

年龄渐长,"独路头"的手艺越发精湛。常有城里的商人上门高价收购他编的物件。镇里和附近的村里,许多后生想登门拜师学艺,"独路头"始终拒收徒弟。"独路头"的绰号,就是这样被传开的。

年复一年,"独路头"不知编了多少件竹器。渐渐地,眼睛花了,动作迟钝了,腿脚也不灵便了,上山采竹常常是上气不接下气,篾匠工具似乎也不听使唤了。

六十岁那年,"独路头"放出口风,要收一个徒弟。手艺传男不传女,自己没儿没女,就把徒弟当儿子,也好养老送终。

消息传开,"独路头"六十大寿那天早晨,一大帮后生涌进了他的院子,向来清净的院子,顿时热闹起来。

这可是百里挑一啊,后生们感叹着,许多人的脸上现出了焦虑的神情。后生们纷纷猜测,"独路头"会出什么考题呢?

"独路头"独处惯了,不知道该怎么对待这样的局面,就索性坐在原处,埋头编起了花篮。这个季节,山上的花已经谢了,这个篮子装什么花好呢?"独路头"一边编着篮子,一边默默地想着。

后生们见状,不敢喧哗,只是悄声议论着:"这是啥意思啊?有这么收徒弟的吗?"

花篮编好了,"独路头"才歇手,站起身来,把花篮挂在院中唯一一棵桂花树上。看着一院子的后生,"独路头"面露为难之色,缓缓地说:"我只收一个徒弟,怎么来了这么多人?

我要是只选一个,其他人肯定难过。所以,当着你们的面,我实在说不出口。这样吧,容我想一想,选中了谁,我会托人报信的。"

这可是"独路头"大半辈子说话最多的一次。后生们面面相觑,觉得有道理,虽然不情愿,可还是一个个垂着头,出了院门,各走各的,很快散开了。

院门前是石头台阶,台阶下横躺着一把斑竹扫帚。一个个后生抬腿跨过扫帚,最后走出院门的,是一个身体单薄的后生,又矮又瘦的。这后生家住十几里外的一个村庄,翻了几座岭才来到"独路头"家。可能这后生走累了,"独路头"编花篮时,这个后生见院子里和屋里满是人,就坐到灶旁的柴草边,将杂乱的柴草悄悄给归整齐了。出院门下台阶时,他停下脚步,捡起了横躺着的扫帚,竖着放在了院门一侧。

这时,"独路头"喊道:"小后生,你留下,不要走了。"

这后生呆住,看看院门前的街两头,其他后生已经走远了,他猛然清醒,师父叫的是他。

后头看,"独路头"向他招了一下手。

这后生赶紧返回来,跪在院门槛前,叫了一声:"师父。"

这一喊,惊动了走在前面的几个后生。这几个后生跑了回来,看热闹的村民也赶了过来。大家伙儿议论纷纷,怎么会选中这么一个不起眼的后生做徒弟呢?

"独路头"的倔脾气上来了,大着嗓门说:"连一把躺倒的扫帚都不想扶起的人,怎么能把精细活做好呢?我是老了,可看人,还不花眼。"

恩 人

一日半夜,谢腹树隐约听见母亲唤父亲的声音。母亲卧病在床。父亲久出不归,有人说他疯了,有人说他发了。究竟是死是活,不得而知。父亲曾是武学生。他率兵打过仗(据传,战况惨烈),归来,从不提战争的事。

第二天早晨,谢腹树托邻舍的亲戚照料母亲。他发愿要找到父亲。

十五岁了,谢腹树未出过远门。母亲要谢斌陪他走。谢斌是个流浪的孤儿,谢腹树六岁时,父亲收养了他。过了一年,他随了谢姓,被收为养子。他长谢腹树三岁,嘴甜,讨人喜欢。而谢腹树话少,进进出出,有时,一天也不说一句话。

当夜,他们投宿一个价廉的客栈。因为走累了,夜里睡得很沉,只依稀听见窗户有声音。天亮后,发现盘缠不见了,猜测是小偷潜入过,因为窗台留有脚印。

谢斌主张回家再筹借盘缠,没钱怎么行远路。谢腹树不愿让母亲焦虑,套用了父亲说过的一句话:"出弓没有回头箭,走着看,天无绝人之路。"

傍晚,谢斌出头,叩了一个院门。他们遇上了善人。听了遭窃的情况,主人答应让他俩留宿,还赞赏他们如此年少就懂得给母亲解忧,出来寻找父亲。

第二天,谢斌代表谢腹树谢过善人,立即上路。

中午,涉水过河,谢斌打算再到前边一个小镇寻找。他们面对河,吃饺饼——是善人多买了早点,供二人途中充饥。

谢腹树坐在河边的草滩上,说:"歇歇脚,垫垫饥。"

他们就着河水吃着饺饼,不知不觉把饺饼都装进了肚里。

谢腹树凝视着河水。谢斌说:"我们过的河,也是父亲过的河。这河小,还是老样子。"

谢腹树白了谢斌一眼。谢斌知道,自己说出了他心里的话。自从长久未有父亲的音讯,谢腹树的嘴里,仿佛父亲这个词成了忌讳。

谢斌转而一脸的苦愁,说:"没了食物,接下去,如何是好?"

谢腹树望着河流,突然立起,说:"走着看。"

绕过小镇,视野开阔平坦,一条路伸向远方。谢斌的步子渐渐地慢下来,谢腹树只顾走,不回头。谢斌突然紧追上来,说:"我想起来了,想起来了。"

谢腹树照样走,似乎没听见谢斌的话。谢斌绕到他前边,止住了他的步子。

谢斌说:"我想起来了,昨晚我们借宿的那户人家的主人,六年前,也住过我们家。"

谢腹树的样子,似乎不愿耽搁赶路,绕过他,继续往前走。

谢斌不得不跟上,和谢腹树并行,边走边说:"六年前,那个人路过,突然发病晕倒,父亲把他扶进我们家,还找来郎中,给他医好了病。我想起来了,怪不得有点面熟。父亲是他的救命恩人呀。那以后,过了两年,父亲就突然出走了。想不到,现在他阔气了。"

谢腹树保持着步调,淡淡地说:"我一见到他,就认出来了。你还想了这么久,想得脚也迈不开了。"

谢斌疑惑地说:"昨天你就认出来了,怎么不提一下呢?"

谢腹树说:"人家要是念过去的恩,就会留我们多住一些时日,可我们得赶路呀。"

谢斌说:"起码,看到我们的难处,会给些盘缠,或者多给些食物,知恩图报,也是理所当然的。我还把他当恩人呢。"

谢腹树说:"不知前恩,给人施善,双方毫无牵挂。要是提了,也是父亲留下的旧恩。这就变成了我们向他索取回报了,那户人家的主人,就为难了。"

谢斌说:"要是我当时想起来了,我就会提醒他一句。可惜,我的记性跑得慢。"

谢腹树说:"不提旧恩为好,父亲当年救了这个善人,是父亲结的缘。"

谢斌说:"那家主人要是想起来,就会追上来。你的脸像父亲,难道他记不得了?真是贵人好忘事呀。"

谢腹树已走出了十几步。

谢斌紧追上去,说:"阿树,这段路,你说的话,比在家一年的话还多,你的脑袋里什么时候装进了那么多想法?"

谢腹树说:"你的想法太多,还是往前赶路。"

当天,二人星夜赶路,到了曹娥江,夜间无渡船。突然,夜幕中冲出几个人,围住兄弟二人。谢腹树不肯舍弃包袱,包袱里有寻找父亲的盘缠。

劫匪动了刀子,把谢腹树抛入江水。

谢斌受伤,幸存,返回姚城,养母已逝。他反反复复地向村里人说起途中遭遇,他俩投宿的那户人家的主人,记起他们是恩人的儿子,派家仆追上来,说父亲已疯了,像被敌兵围困了那样。一天夜深,父亲出走,善人追到江边,岸边只留下一双鞋。家仆出示了那双鞋,说,善人无颜面对恩人的后代,就把盘缠塞进谢腹树的包袱里。

谢斌似乎也疯了,守在养母的坟前,说:"我们像父亲一样,出去寻找,父亲一定是被要寻找的东西弄疯了。"

明代（上）

竹　笛

刘季箎被授予刑部侍郎之职时，正是建文元年（1399）。他的家乡余姚多竹。箎是竹子制作的乐器。

他复审一桩夜间入室杀人案，有口供，有凶器。此案发生在扬州。

扬州衙府发现现场的尸体旁遗落了一把柴刀，刀上有姓氏标记，是死者邻居的姓氏。

柴火是烧饭的燃料，家家户户都有劈柴的刀，柴刀的形状大致相同。不同的是，在铁匠铺订制时，大多数人家都打上了姓氏的标记。而且，同一姓氏的标记略有差异，以示区别。据死者家属的证词："那些柴火，也供冬日取暖。"

可见，死者的家境殷实，而那把柴刀主人的家里，冬天舍不得烤火取暖。柴刀的主人说："这把柴刀，我已丢失许久了。"但他还是招供："谋财害命。"

刘季箎怀疑扬州官衙有严刑逼供的可能。那里的官员办案的风格,之前他已有所闻。"丢失"是个疑点。

毕竟人命关天。刘季箎派人怀藏那把柴刀,假扮货郎。货担中净是孩童喜欢的食物和玩具。货郎去凶杀案发生的村庄秘密察访。

刘季箎叮嘱："不让大人,只让小孩认那把柴刀。"

入村当日,有一个小男孩买了竹笛,看样子很喜欢,还吹出走调的曲子。小男孩的目光停留在那把柴刀上了。一问,小男孩说："这是我家的柴刀。"再问小男孩第一次使用那把柴刀的时间,小男孩说："柴刀在我家放了很久了,一直闲着。"出现的时间正好和死者的邻居"丢失"柴刀的时间吻合。而且,那把柴刀,其父从不带出门,另有一把柴刀,只供小男孩玩耍:削砍木头,制作木偶。

于是,抓捕了小男孩的父亲。刘季箎将柴刀放到他面前,刀上的血迹发暗。凶手的脸煞白,冒汗。没用刑,就招供了。

死者的家在村东,凶手的家在村西。凶手预谋已久,已知,一是死者习惯枕着银子入睡,二是邻居之间有矛盾。他就借刀杀人——趁那个死者的邻居粗心,偷走柴刀,可以栽赃。月光中,目光对视,他一刀砍中对方咽喉。他故意遗落了那把柴刀。他曾庆幸,躲过了一劫。却没料到,栽在了儿子的手

里——童言无忌。

永乐元年(1403),刘季篪办理的一件案子,重罪轻判了。于是,他获罪,入狱。后来,出狱,被贬,担任两淮盐运副使。降低了官职和俸禄,别人看不出他的脸上有失落的迹象。

两淮盐运副使是他陌生的领域,他有所顾虑,不肯就职,再次入狱。他在狱中研究《春秋》,温习法家典籍。获释后,朝廷命令他担任翰林院编修。不久,授予其工部主事之职。刘季篪在任上病逝。遗物中有一管竹笛,刻有"篪"字。但从未有人听他吹过。

一帘烛光

宋僖少年时就清楚自己喜欢什么。他会长时间沉浸在书中,吃饭了,也要母亲一次次呼唤,甚至忘了睡觉。他的窗帘,深夜还亮着一方烛光。

宋僖,字无逸。长大后,号庸庵,也号庸轩。

他有个"书痴"的绰号。少年时可以,但长成了青年,靠什么维持生计?父亲试图夺志——拗一拗他的执着,就替他谋了一个收税的小官吏。

宋僖没干多久,就辞职了,还愁眉苦脸地向父亲哭述,说:"我实在没兴趣呀。"父亲说:"没出息,做官像上刑具。"

宋僖拜著名学者杨维桢为师,习到了写诗赋的技巧,仿佛回到了少年时光。父亲给他泼凉水,说:"写诗能当饭吃?!"

父亲还激将他,说:"你一肚子学问,有本事参加科举考试,那才是正道。"科举考试,如千军万马过独木桥。元至正十年(1350),他考中江浙副榜——录取的举人正榜之外,选若干人列为副榜。宋僖为落榜生中优秀者,补任他为繁昌县教谕。

父亲有些失望。宋僖说:"我的学问可能对接不上科举那个套路。"父亲说:"吃不到葡萄说葡萄酸。"

宋僖做了十九天的教谕,就辞职回家,整理出自己的书房,题名"庸轩",还追加了一个号:庸庵。父亲说:"官做得好好的,屁股还没坐热,又半途而废了。"宋僖说:"爹,你不是念叨我没出息吗?我只是做一下给你看,然后,我再做我喜欢做的事。"

当时,全国各地,动荡不安,战火蔓延。宋僖已失却了为元朝做官的意愿:一个书生,不能改变什么,也改变不了什么。而父亲想改变他。家境贫穷,他就招收学生,传授学问,也能维持生活的必要开支。

明朝崛起。宋僖被朝廷征召,修《元史》,尤其是外国那一部分,均出自他之手笔。他的兴趣终于发挥了作用。父亲来信中,有一句:"哪个朝代都需要有学问的人,你难得有了学问和职业一致的机会,要少安毋躁。"

修志圆满完成。朝廷重用他,让他这个没有考中举人的人主持举人的考试——福建乡试,称赞他怀有审察辨识人才的能力。

父亲也为有这样一个"光宗耀祖"的儿子自豪。在家乡余姚,邻居指责自己疏于学习的孩子,就会以宋僖为表率:"你看人家宋僖多有出息。"父亲享受着宋僖带来的荣耀。

翌年,宋僖突然辞职还乡。父亲大感不解:"做得好好的,你又不干了,做官怎么能没有耐性?"

宋僖厌恶科举考试的弊端,不能忍受其中的"黑暗"。他仿佛正式地宣告,说:"爹,这么多年,作为儿子,该满足你的心愿,我已满足了你,我已尽了孝。现在,我活到这个年纪了,实在应该做满足我自己感兴趣的事了,请父亲大人放手吧。"父亲愣了片刻,起身离开。那姿态,似乎儿子已"无可救药"。

宋僖的"庸轩"里都是书。他静心钻研儒家的各种学派,比如濂溪周敦颐的学说,洛阳程颢、程颐的学说,等等。博采众长,找到自己。而且,他的诗,境界清明高远,他的文,表达缜密适度。晚年,著有《庸庵集》。

从宋僖自断仕途起,父亲就沉默了,即便父子相遇,也是客气地点点头。父亲时常失眠,在院中散步,尽可能不发出声响,只是久久地望着"庸轩"那扇明亮的窗户——仿佛那是宋僖之眼。

一点亮

元朝末年,战乱四起。王纲躲避到了诸暨五泄的山岭中。有一位道士叫赵缘督,前来投宿。道士来自终南山。

王纲从小喜欢读书,擅长诗赋,爱好击剑,有着文武兼备的才能。可是,他向往隐居山野。

那一夜,王纲和道士谈得很投缘。两个生活轨迹没有交集的人,没有约定,邂逅在此。整个世界都弥漫着黑暗,而一盏灯的火苗,照亮了两张平静的脸庞。

王纲一脸迷茫,向道士问卦。道士占卦之后,说:"你将来必闻名于世,却不能正常地死于家里。"

王纲说:"我希望今晚这盏灯永远不灭,倒不想什么闻名于世。"

道士说:"油耗尽,灯自灭,命运命运,不由自主。"

一连数日,王纲跟道士学习占卦的奥妙。然后,王纲出了山,绕过战火,寻访贤士。

王纲拜访了刘基(刘伯温),两人立即结为好友。

刘基心气高远,他说:"你这样的人才,闲着可惜,将来我成了大事,一定举荐你。"

王纲说:"我喜欢隐居山野,以后你实现了宏愿,当了大官,就饶了我,可不要用世事来烦我。"

洪武四年(1371),经刘基举荐,王纲被朝廷征召,进入京城,年已七十,牙齿、头发、面色却如同年富力强的青年一般,显出朝气蓬勃的样子。

王纲自嘲:"那一盏灯的一点亮,我以为照亮了隐居的生活。毫无察觉的时候,它照亮了我心中的一个幽暗的角落,所谓文武才能,终于被调动出来了。"

太祖朱元璋在乎王纲,时常询问他治理国家的策略、方针。王纲的话,常能点亮皇帝心中的灯。朱元璋提拔他担任兵部侍郎。他像是个救火兵,广东潮州发生骚乱,王纲赴任广东参议,负责监管军队的经费和给养。

此时,他似乎望见了人生的尽头,叹息道:"我的命就留在此地了。"

他写家书,委婉地与家人诀别,并召唤儿子王彦达到他身边,陪他同行,乘小船去各地安抚、劝慰百姓。返回的途中,在增城,遭遇了海盗。

海盗的头目曹真拦截了王纲的船。曹真率领海盗围绕着王纲,跪拜,表示久仰大名,恳请王纲当统帅。

王纲知道海盗多为穷苦出身,他引导他们,归顺朝廷,保证妥善安置,既往不咎。

曹真不相信,不听从,就翻脸:"你不当我们的头,我们也不让你当朝廷的官。"

王纲最后对儿子说:"时间到了,灯该灭了。"

海盗放王彦达,他却不走,说:"是死是活,我都跟随父亲同行。"

海盗用气派的轿子抬着王纲父子走。曹真命人筑起高台,让王纲坐上台。每天,曹真都率领海盗们跪拜王纲,发誓拥戴他为统帅。

王纲怒斥海盗,激怒了曹真。曹真说:"我们得不到的,朝廷也得不到,我们和朝廷势不两立。"就杀了王纲。

当时,王彦达年仅十六岁,他破口大骂,只求一死。海盗们也要求曹真结束王彦达的性命,不留后患。

曹真说:"父忠子孝,杀子不吉。"他安排好吃好喝的款待王彦达。王彦达绝食数日。

曹真佩服王彦达,说:"有这样的儿子,是王纲的福气。"就让王彦达缝一个羊皮袋,装上父亲的遗体。

曹真备了一条船,送王纲的遗体和王彦达上了船,返回故乡。

御史郭纯把王纲父子的遭遇呈报皇上。皇上下诏,在王纲死去的地方建了一座庙。并且,发兵,剿灭了那帮海盗。

因为父亲的功绩,王彦达被授予官职。而王彦达没有赴任。他隐居到四明山,不出来。据说,整个茫茫的山岭,夜间,可见一点亮,那是王彦达居住的茅屋里的一盏灯发出的一点光,与繁星遥相辉映。朝廷派人找到那一点亮。他说:"不要来烦我,我为父亲守孝。"

伞

哥哥黄伯震出门的那天,正值梅季,下着毛毛细雨。他撑着伞,仿佛出去一下就会回来。可是,过了十年,不见哥哥的身影。

那十年里,发过水灾,家境贫困。父亲病逝。母亲说:"你哥出去跑生意了。"

弟弟黄玺,字廷玺。他给财主家放牛,每天傍晚回来,总希望哥哥已归来。好几次,梦里,他看见哥哥打着伞,阳光刺眼,哥哥的面部模糊。他小时候,哥哥带他放风筝。梦里,一个风筝高悬在空中,他找不到线,就喊妈妈。

在家里,黄玺不向母亲提起哥哥。不过,有一次,他说:"我去把哥哥找回来。"

母亲说:"风筝的线断了,风那么大,怎么找?"

他说:"哥哥不过在国内走动,他可以到达的地方,难道我就不能到达吗?我已经不小了。"

母亲盼大儿子,已望眼欲穿,卧病在床,双眼失明。黄玺只能托人到处打听,仍旧毫无音讯。母亲撑不住了。

给母亲送了葬。第二天,黄玺穿上草鞋,带上雨伞,关上院门。一个好天气,阳光耀眼。

有雨无雨,余姚人出门总带着伞。族里的人看见,就知道他去寻找哥哥。长兄为父。

族里的长辈阻止他,说:"你不清楚兄长究竟在何处,东南西北,你去哪里寻找呢?岂不是大海捞针吗?"

黄玺说:"哥哥出门做生意,经商的地方,一定是四通八达的大都城,我要走遍大都城,哥哥飞得再高再远,我也要把断了的风筝线接上。"

黄玺剪裁了数千张寻人启事,拓印上村名、世系、年龄、相貌,沿途张贴,特别是人群聚集的地方:寺庙、道观、街市。他盼望着哥哥看到,或许,认识他哥哥的人也能看到启事。

就这样,黄玺边乞讨边寻找,行程万里,足迹远至獠、蜜等边远的南方少数民族居住区。

一日,他到了衡州,入南岳庙祈祷。井水中,他看见一张熟悉而又陌生的脸,满是胡须和皱纹,他喊了一声:"哥哥。"可是,手一摸胡须,水中的倒影也出现同样的动作。他想:见到哥哥,哥哥恐怕也认不出我了。

当晚,他宿在庙里。他希望能在梦中遇见哥哥。只是,寻找哥哥的日子里,哥哥似乎在躲避,总不进入他的梦。

半夜,他在梦中听见一个朗读的声音,分明是诗句:"沉绵盗贼际,狼狈江汉行。"小时候放牛,他听过书童背诗,听见就记住。不过,梦中听见的诗句很陌生,他认定是一种不祥之兆。

天亮,他发现庙前有个看相占卦的人,他对那个人说了梦中的诗句,还说了寻找兄长的事。

占卦人说:"这是杜甫的《春陵行》中的诗句。春陵,就是当今的道州。你到道州,能得到哥哥的消息。"

黄玺急忙赶到道州,连续三日,在街上来回询问,张贴或出示寻人启事,丝毫没有找到哥哥的线索。

不知吃了什么东西,坏了肚子。他靠近一个厕所露宿,内急了,好方便。

又一个早晨,好太阳。他醒来,就如厕。出来,他看见一个人在端详那把打开着的伞。他咳嗽了一声。

那个人仍看着伞,说:"这是我家乡的伞啊。"

黄玺站在伞旁,瞅着那个人的脸,那是他在井水中看见过的一张熟悉而又陌生的脸。

那个人俯身,念起伞柄上端的字:"余姚黄廷玺记。"转而抬头,看黄玺。

两人的目光对视片刻。兄弟俩相拥,大哭。黄玺说:"哥,找你找得好苦呀。"

黄伯震当年出远门做生意,赔了本,无颜回乡。幸亏遇上一个姑娘,黄伯震入赘,后来,继承了岳父岳母的田地,生了一对儿女。黄伯震取出当年出门时的那把伞,只剩骨子。伞柄上刻有"余姚黄伯震记"。他说:"我不孝。这些年,我梦里常常回老家。"

黄玺说:"妈妈临走的时候,还让我拿出风筝看一看,那是你带我放过的风筝。"

一夜灯亮

明朝景泰七年(1456),李居义考中进士。他被授予四川剑州县学正之职,主持云南乡试,入住驿站。

驿站是专供传递官方文书的人中途更换马匹或住宿的地方,也接待来往上任或卸任的官员,但不对外开放。李居义入住驿站,只图清静。

李居义发现,临窗的街上,时不时有人仰脸观望,还指指画画,不像是好奇,似乎驿站的楼上有他们感兴趣的人物。

夜幕降临,便响起叩门声。驿站内部的人或传报或引荐,说是有人要求见李居义大人。

来者放下礼物(多为云南土特产),或拿出银子(黄绸包着)。

只言片语里,李居义判断出来者是来给考生疏通关节,好不容易托了他身边的人。

李居义命人将来者一律驱逐出去,说:"这里是驿站,不是茶馆。"

鱼有鱼路,虾有虾路。来者显然执着。有的还有大背景,呈上帖子,有李居义知道的大官的推荐信。

李居义唤来掌管驿站的官吏,说:"怎么能随便放人进来?再这样下去,你这里就不是驿站,而成了市集了。"

还是有人打着来头更大的人的幌子来求见。驿站的官吏陪同,隔着门,表示"我也很无奈"。似乎每个来者均有理由让你"不得不见"。李居义闭门谢客,索性熄灯,说:"我要休息了。"

夜深了,走廊静了,街上静了。李居义难以入眠。他觉得总有目光从暗处窥视着他的窗户。上任前,他闻知科举考试有一股不能见阳光的风气——通关节、走后门盛行,多位主考官被"风"吹倒。而自己正站在"风口"上。

于是,他起身,掌灯,兴至挥毫,题诗:"分付夜金休进说,老夫端不认颜标。"

第二天清晨,他唤来驿站的官吏。

官吏说:"李大人,你亮了一夜灯。"

李居义毫无倦色,说:"你看看上面的字。"

官吏念着两句诗,说:"好字,颜真卿的真传,大人一夜成就了这两句?大人自谦,可为何'不认颜标'?"

李居义笑了,解释其中的典故。唐朝时,颜标参加科举考试,因为颜标是颜真卿的后代,主考官有意提携颜标,给颜标私授了关节——要他在考卷上做个记号,可惜,阴差阳错,主考官认错了卷子。

李居义说:"一夜不得安宁呀。你和你的下属也凑热闹,替人提供方便,引荐,说情,忙得不亦乐乎。"

官吏说:"我也不想这样做,却不得不做,谁都得罪不起呀。想讨好两头,最终,两头不讨好,幸亏大人有大量。"

李居义说:"看来,我俩有个共同之处,都如履薄冰。我也不难为你,现在,你把这个挂出去。"

题诗悬挂在驿站楼上的正端。不久,云南省棘院(试院)将这两句诗引过去,凿刻在棘院的门额上。

女仆的声音

成化二年(1466)二月,新会县告急:强盗猖狂,骚扰民众。毛吉担任总指挥,率兵万余人,急赴平定盗患,携带慰劳金一千两白银。他委托驿丞余文掌管收支账目(包括采购粮草的经费)。

毛吉,字宗吉,景泰五年(1454)考中进士,被授予刑部广东司主事。天顺五年(1461),升为广东佥事。广东的强盗异常泛滥。因为毛吉剿匪捷报频传,宪宗皇帝提升他为按察副使。

当时,广东多地百姓遭受强盗蹂躏,数百里已无人烟,各城将领闭关自守。毛吉不胜愤怒,他宣告:"以平定盗贼、安抚百姓为己任。"

此次新会县告急,他亲自率兵追剿。没料到,强盗疯狂反扑。毛吉的军队一时阵脚大乱。他勒紧缰绳,制止溃退的士兵。

随行的官吏劝说毛吉避开锋芒。

毛吉说:"那么多士兵被杀,我怎么有脸躲避求生?!"

强盗向毛吉杀来。毛吉且骂且战,手中的剑闪烁着红色的光。他连中数箭数刀,像一棵松树被伐倒,落马坠地。

据幸存人说,那一天,雷雨大作,山谷震动。

八天后,毛吉的尸体终于被找到,双目睁着,像活着那样。

朝廷得到报告,立刻赠予毛吉按察使的官衔,并让其儿子到国家最高学府——国子监读书,以慰亡灵。

驿丞余文清理了账目。其中慰劳金已支出十分之三。余文怜惜毛吉的家竟然那么清贫,就将剩余的白银交给了毛吉的女仆,让她带回去办理毛吉的丧事。

女仆毛氏跟随毛吉多年,她敬佩毛吉的为人。守灵的第一夜,女仆默默地坐在中堂。鸡鸣头一遍,忽然,她开口了。这个女人发出男人的声音,而且,是毛吉的语腔。

女仆对在场的众人说:"速速请夏宪长来。"

中堂里有毛吉生前的下属和家眷,众人听了大为惊愕,仿佛是毛吉发话了,即刻有人跑去传告按察使夏埙。

夏埙赶到,女仆起身,像男人那样,抱拳高拱,说:"毛吉我身受皇恩,不幸死在强盗的手中。现在,驿丞余文已将剩余的官银交与毛吉家了,我领了余文的一番好心。虽说文册簿籍,账目清楚,经得起查考,但毛吉我在九泉之下也死不瞑目。我只希望赶紧将银子交还官府,使我不至于受玷污。在此,我拜托了。"

话音落下,女仆倒地,气息微弱,脉搏仍在跳动。不等唤来郎中,女仆苏醒过来,表情如同做了个梦一般,已不记得以毛吉的语调说出的那一席话了,还疑惑怎么有那么多张脸在她周围。

毛吉死时,年仅四十岁,安葬在他与强盗最后交战的那座山岭上。皇帝发旨,追谥他为"忠襄"。

黑夜和白天

父亲张才,儿子史琳。父子异姓,还得追溯到祖宗。

七世祖史应炎,是元朝管理互市商船的官员,负责海上贸易和关税。他有一个儿子,叫满月,过继给宋朝防御使张畴,以传香火。

父亲张才,字德密,正统十二年(1447)举人。儿子张琳,字天瑞,考中成化二年(1466)进士。

张琳考中进士,被授予礼部给事中之职,他先征得父亲同意,然后,向朝廷上奏,恢复史姓,改名史琳。父亲为报张畴的养育之恩,仍保持张姓。

明朝成化四年(1468),张才担任福建乡试主考官。上任途中,黄昏时,投宿浦城的驿站。月亮如明镜。一个青年来拜访,敬献五百两白银。

张才以为他找错了人。那个青年恭敬地叫出了张才的姓名,还自报家门,是准备应考的秀才。张才疑惑,秀才如何掌握了他的行踪?秀才说:"我已在此恭候您数日,浦城是您必经之路。"

张才拒收,说:"你的文章若能这样文理清晰而严密就好了。你看,今晚的月亮皎洁。"

福建乡试,那个秀才考中了举人。举人又来拜访,声称对张才的点拨表示谢意,递上曾被退回的五百两银子。

张才说:"我在夜晚都不能坏了我的规矩,何况光天化日之下呢?"

那个新中举人说:"你不收纳,我心不安。"

张才一脸严肃,拂拂手,像驱散什么,说:"不该执着的东西,你竟然如此执着。"又指指头顶,说:"人在做,天在看,今天的太阳值得你欣赏。"

那个新中举人赶到京城,在南宫(礼部)参加会试。史琳已担任礼部工科给事中。

临考前的夜晚,那个新中举人托京城的一个福建籍官员写了一封引荐信,月色朦胧,拜访史琳,送白银五百两。

史琳阅过信,看了银,就笑了。

那个新中举人应和着笑,似乎看见了希望。史琳的笑,如旭日。

突然，史琳说："不该执着的东西，你竟然如此执着。"

那个新中举人环视屋内，仿佛声音由一个看不见的人发出。随即，他惊诧地问："大人，我敬佩的一个人说过同样的话。"

史琳拿起另一封信，说："我的父亲知道你，你却不了解我的父亲，而且，你更加不了解我啊！"

那个新中举人不由得跪下，说："我有眼不识泰山，请求大人原谅。"

史琳说："我只当今晚你没来过，你不认识我父亲，也不认识我。今后你把执着用在该用的地方上吧，必有成就。"

那个新中举人，怀揣五百两白银，踏着空寂的街上如霜雪的月光，缓步走向投宿的客栈。童年时，他盼望日出，现在，他却生出一个念头：延缓日出。他害怕看见史琳。

一袋金子

王华六岁时,一天午后,他来到河边玩耍。水里有小鱼,岸上有蜻蜓,仿佛都是他的小伙伴。

忽然,一个醉汉摇摇晃晃地过来。风里带来酒气。

王华让开。小鱼消失在水面,蜻蜓飞向远处。

醉汉似用水浇头醒酒,或许,清洗呕吐之物。河面跳跃着耀眼的光点。他望了一会儿,掬起一捧水,一脸水花。起身,原路返回。踏过的草,又挺直起来。

王华望着醉汉消失的身影,回到河边,发现草丛中卧着一个东西,像头乳猪。是一个小袋子,里边发出金属摩擦的响声。袋子里有数十两金子。

一群瓦房卧在远处,不见有活动的人影。那个人,醒了酒,必定会回来寻找金子。可是,万一别的人来了呢?

水里,小鱼游近,蜻蜓在草尖上飞,好像来看这稀罕的袋子。

王华将袋子投入水中,仿佛是是醉汉的一个呕吐物。

金子沉入河底,秘密藏在心中。他说:"你们也看见,我们共同保守这个秘密吧。"

王华捉了小虫放入水中,仿佛是奖赏小鱼。他恨不得变成一株带着水珠的青草,让蜻蜓栖上来。水面耀眼,似乎水底的金子也浮上来了。

他听见脚步声。从草茎的顶部望出去,一个高大的男人移过来,仿佛在淌绿色的水,还伴着哭泣的声音。一个大男人竟然哭?哭得跟受委屈的小孩一样。

王华像突然从地上长起的一棵树苗,那个男子愣了,急刹匆匆的脚步。

正是那个来过河边的醉汉。他擦了一下眼泪,似乎不适应这里的阳光,或许,是因为他看见"呼"地冒出的一个小男孩,浑身上下散发着阳光。然后,他又瞅小男孩所站的草地。

王华说:"你会游水吗?"

那个男人说:"你看见过一个小布袋吗?"

王华指着水面顾自嬉戏的小鱼,说:"就在小鱼的下边。"

那个男人像一个偌大的袋子,潜入河底,升起一串气泡,仿佛大袋子带出了小袋子——手里拿着那个小袋子,说:"你怎么知道袋子沉入了河底？"

王华说："这是我的秘密，它们都看见了。"

那个男人说："它们？是谁？"

王华说："蜻蜓、小鱼，陪我一起等候着你来呢。"

那个男人拿出一锭金子，说："你可是救了我的命呀。"

王华退后两步，笑了，转身去追一只蜻蜓，丢下一句话："你的东西我不能要。"

那个男人说："多亏了你。我喝酒差点误了大事。"

成化十七年（1481），王华考中进士第一，即状元。弘治年间，升至学士、少詹事。王华为皇帝讲过课。正德元年（1506），晋升为礼部左侍郎。年过七旬，仍睡草席、食素食。

王华的儿子是王守仁。王华晋升为礼部左侍郎之时，正值太监刘瑾独揽朝政，士大夫争相跑刘瑾府，唯有王华不去。刘瑾放话，要对王华委以重任，还派人前去慰问，希望王华来府上表示感谢，王华终究不露面。

王守仁上奏，弹劾刘瑾结党营私。刘瑾放逐他到南方偏僻的地方，并把嫉恨转移到王华身上，以参与修编《大明会典》有失误为由，将王华降职为右侍郎。

直至刘瑾阴谋暴露，被皇帝处以死刑，王华才恢复职务。不久，王华就去世，遗体由水路还乡。当年，王华玩耍的河边已建了泊船的埠头。

那个当年的醉汉闻声携带老妻、儿孙前来王华家中祭拜。他说:"没有当年王华守候那个袋子,我可能已投河了,就不会有现在的儿孙满堂了。"

上边与下边

王恩,字尧承,成化二十三年(1487)进士,弘治年间任扬州府知府。

他上任后,礼贤下士,弘扬正气,约束官员,遏止奢侈。这样,对上(朝廷)对下(百姓),他都负责。他有了好口碑。

有一年,发生了严重饥荒。王恩向上争取赈灾,"上边"回复,要求他组织"自救"。饥荒蔓延,情况危急。他向"上边"请求动用知府掌管的两笔款子,向灾民雪中送炭。

一笔是官府兑盐的预留款,一笔是政府用于购买马匹的款项。两笔款在他的"袋"中,使用权力却由"上边"决定。

对此,"上边"不做回应,王恩不得不自行做主,挪用了这两笔款子,挑选了可靠的人,分赴各地,收购粮食。他组织各级官吏,查验户口后,按人头分钱发粮。

扬州的百姓依靠那一系列稳妥及时的救济措施,很快恢复了正常的生活和生产。没有人饿死,没有田搁荒。

灾后,王恩料知"上边"要来追查。他主动请罪——自己弹劾自己,罪名为擅自挪用公款。他还请求,戴罪立功,保证丰年增收税款及时补上"漏洞"。

"上边"动作迅速,派出检察官员,清查王恩的罪状。其中一条是明知故犯,无视朝廷。

民众闻知"上边"来人问罪,纷纷自发聚集,声援王恩。这反倒给王恩增加了罪名:怂恿乱民,聚众闹事,对抗朝廷,妄图避罪。"闹事"的消息传到朝廷,尚书刘大夏向皇帝上奏。由此,免除罪行,不予追究,但"下不为例"。还免征,即免除王恩的丰年征收补上漏洞的承诺,因为那会雪上加霜,不利于灾后稳定民心。

王恩在下,刘大夏在上,两人从无交集。王恩只听说刘大夏善于谏言,且常被采纳。王恩视他为未曾谋面的知己。刘大夏有句话:"体恤百姓,其实就是替皇上着想,江山社稷的土壤是民心民意呀。"天灾难以躲避,人祸可以免除,遭受了天灾,不顾下,只唯上,那就会酿成人祸。

王恩被调离扬州,在别处担任多种职务,他最后的职位是布政使。由于积劳成疾,他在任上逝世。扬州的老百姓闻知,将他作为名宦进行祭祀。

荷花池

姜荣告诉窦妙善藏匿官印的地方。窦妙善感觉到：一是，这个官印的分量，那是姜荣施政的依凭；二是，那是姜荣对她的宠爱，她不过问政事，却是唯一知道秘密的人。

姜荣为弘治十五年（1502）进士，任五河县知县。随即调入京城，升任工部主事，却因弹劾太监刘瑾被贬至福建兴化府，任通判。不久，改任瑞州通判，代理府事。

窦妙善是姜荣的小妾。她喜欢荷花，开了窗就能观赏荷花。姜荣喜欢窦妙善，说她是"出淤泥而不染"。她说知道了官印的秘密，她也受"染"了。她担心官印失窃，因为她知道官印的藏匿之处。那个秘密像一块石头，放在她心里了。

江西北部华林的一帮悍匪突然攻入瑞州城。城内大乱，姜荣趁乱逃离。

盗匪径直闯入姜荣府，审问姜荣的妻子和仆人，姜荣藏在何处。跑了和尚跑不了庙，姜荣其人逃走，那么，就交出官印，以印为饵，姜荣还能逃多远？可是，众人都说不知官印藏在何处。盗匪的首领动了杀心，承诺"交出官印，可保性命"。那口气，仿佛掌握了官印就可以统治瑞州。或者，姜荣没了官印，就什么也不是。

官印藏在窦妙善的房间，趁着盗匪还没闯入搜查，她取了官印，推开后窗，将官印投入荷花池。她看见荷叶上的青蛙惊跳，水珠滚动。

然后，她对着立橱的镜子换上结婚时那套华丽的服装，走出门，她的形象很惹眼。盗首误以为她是姜荣的妻子，就问姜荣藏身和藏印的地方。窦妙善平静地说："姜荣已经去搬援兵了，正在来的路上，你们就等着束手就擒吧。"

盗匪当机立断，放了其他人，只带上窦妙善作为人质，仓皇从城西逃离，让她乘轿。有姜荣的夫人在，就有了交易的筹码。

出了城门，窦妙善看见了人群中盛豹的儿子。盛豹是衙门的差役，也被盗匪绑了。其儿子祈求放了父亲。盗贼得到银两，要放盛豹的时候，窦妙善说："这个人有力气，留下抬轿。"又说："把赎金退回吧，那是小钱。"盗匪挥挥手，说："听夫人的话。"

抬着窦妙善上路，仿佛不是抬着"夫人"，而是抬着一轿

"银两"。通州城消失在地平线了,蜿蜒的道路上并没有追兵的影子,盗首命令暂且歇息片刻,消消停,饮饮水。

窦妙善看见轿旁边只剩几个轿夫。她对盛豺说:"我知道你在生我的气。我留你,是知道你可靠。我托你一件事。我会想个法子让你离去。你告诉太守,官印在我窗前的荷花池里。"

起轿,又行了一段长路。太阳如火。窦妙善一眼看见前边的一口井,说:"这个人抬不好轿,抬得我不舒服,让他走吧,换人抬我。"

盗首同意,像驱散没用的东西那样,挥挥手。盛豺像怕盗首随时会改变主意那样,跑着进了一片树林。

窦妙善一路拒绝喝水。现在,她说:"我渴了,要喝井水。"盗首指令一人去取水。窦妙善说:"我要自己去取水,喝喝水,洗洗脸。"

两个小盗陪着她,到了井边。井深不见底。窦妙善纵身跳入井中。两个小盗惊愣了,大声呼喊。盗首急忙赶到。忙乎了一阵,捞不起。盗首叹息:"丢失一轿大财呀。"

盛豺赶回瑞州城,向姜荣禀告其妾的遭遇,还有官印的下落。姜荣说:"丢了官印,我还是官。妙善为了官印,一开始,她把聪慧全用上了呀。"

朝廷知悉了窦妙善护印的事迹,皇上颁旨旌表并建祠。纪念窦妙善的祠建在荷花池畔。

深夜,一个小男孩

宁国府的上下、内外皆知胡东皋擅长判决诉讼案件,但是,极少有人知道他善于做梦的私密。

人说,日有所思,夜有所梦。不过,胡东皋的梦,多为神奇的景象:猫恭敬地拜见老鼠,人轻易离地飞翔,太阳从西边升起,水往高处流。诸如此类,倒也平添了乐趣。

他仿佛生活在截然不同的两个世界:白天在现实中处理事务,地上走;夜晚在梦境中追寻物事,天上飞。甚至,昨晚的梦,能与多年前的梦天衣无缝地衔接。

胡东皋养成了习惯,早晨醒来,他人不动,先回忆昨晚的梦,似乎要在梦中发现某种意义和启示,却百思不得其解。往往是过了许久,或者白天的事有了结果,他意识到梦中的启示如星星一般呈现出来并闪烁。若是预先读出梦中的启示,那么，他会怎么处理现实中的事情呢？

胡东皋，字汝登，弘治十八年（1505）进士，被授予南京刑部主事之职，因不顺应、不投合位高权重的太监刘瑾，受了排挤，明升暗降，被派至安徽宁国府担任知府。

一到任，他觉得宁国府似曾来过，格局、陈设都眼熟。终于，他想起在南京时做过的梦，仿佛宁国府是梦的翻版。此时，倒似他从遥远的梦中转入了现实：这是他必来的地方。有点宿命的感觉。

上任不久，他就接了一桩杀人案。

池州有人状告妻子杀死丈夫。起诉人是那个丈夫生前的朋友。池州的官吏找不到证据和线索，就将此案托付给了胡东皋，他毕竟当过南京刑部主事。

胡东皋审讯。那个妇人诉说自己被冤枉了，杀死丈夫的人是夜间入室的盗贼。

夜色模糊了杀人者的模样，仅仅是个黑影，还用布蒙着脸。

胡东皋看了现场，凶手没有留下蛛丝马迹。妇人也说夫妻关系不够和谐，常为鸡毛蒜皮的事情发生口角。但是，不能轻率判决。

胡东皋有个特别之处，白天再繁忙、再烦恼，他反倒提前入寝，仿佛要把疲惫和烦恼丢在现实里，尽快进入梦乡，缓解情绪，获得解脱——他的用人如是理解。

那天深夜，他梦见一个小男孩。现实中，他没见过那般模样的男孩。他总是将陌生的人和物闯入梦境视为有缘来相会。

男孩独自玩耍，仿佛向他表演：双脚各踩一段木头，两段木头来回滚动，男孩稳稳立着。胡东皋玩赏着，为男孩叫好，又替男孩担心，万一踩不稳木头呢？

阳光明媚。男孩对他毫无反应，好像胡东皋不在场一样。

胡东皋一急，醒来。窗外的月亮，如圆镜。室内夜色弥漫。他一动不动地侧身躺着。他琢磨着梦境中单纯的人和物，像他儿时受的启蒙教育——看图写字。

小男孩，即男童的"童"字，双木为"林"字，难道凶手是童林吗？

日出时，他派遣衙役出去查寻。中午，衙役竟然带回来一个叫童林的人。据了解，童林其人，平时游手好闲，经常干一些偷鸡摸狗的勾当，只是，近日赌博，欠了一屁股赌资，便摸清了这户有些家底的人家，杀了来堵截的那个男人。

升了堂，童林慌忙供认、服罪。过后，那个衙役有一次喝酒，吐露了对新来的知府的敬佩：以梦破案。

胡东皋也料不到梦中的神奇，不过，他试图剥离那道光环，说："这是凑巧，瞎猫碰上了死耗子。"之后，他在街上，总喜欢关注男孩，却没遇上过梦中那个模样的男孩。

举　荐

胡东皋在许多地方任过职，他有胆识、有才能，对属下赏罚分明。他到过的地方，官场中有一种传说：一旦被胡东皋举荐，必获升迁。

胡东皋，字汝登，弘治十八年（1505）进士，被授予南京刑部主事之职。不久，赴安徽宁国府担任知府。嘉靖元年（1522），升任四川按察副使，担任建昌（今西昌）的分巡官。

他上任时，拮据得连途中必需的行旅装备也置办不起，部属背地里替他操办。胡东皋拒绝，说："有路，别人能走，我难道不会走？"官兵和百姓自发送他出城，恋恋不舍。

嘉靖九年（1530），他升迁为右佥都御史，巡抚宁夏。第二年，改任郧阳提督。郧阳位于湖北、陕西、河南三地交界处，当地的官场中，贪污盛行。

太和山的宦官王敏贪赃枉法、恣意妄为,毫无收敛。胡东皋弹劾罢免了他。

有一位武将获悉胡东皋的威望:凡他举荐,必获升迁。

那位武将托人送出丰厚的银子,并捎话,恳请胡东皋推荐。

胡东皋立刻传唤那位武将,对武将说:"贪官一定接受你的贿赂,清官一定摘掉你的官帽。如果你不玷污别人,你也最终会毁了自己。你说,我应怎么做?你该怎么做?"

武将没料到会碰壁(郑阳过去的行情是:出多少银子,有多大官帽)。他慌了,恳求收回银子。他以为打人不打笑脸。

胡东皋当即处以鞭刑,然后宣布:"贬官一级。"问他:"服不服?"

武将答:"愿受罚,服。"

很快,郑阳的官场风气大为改观。情况传到朝廷,内阁大臣张璁看重胡东皋的才能和魄力,就向皇帝竭力举荐。

胡东皋像千里马,在各地转了一圈,又回到京城,掌管刑狱。

朝廷的官员知道张璁是胡东皋的伯乐,疑惑:怎么不见胡东皋登门感谢?毕竟有知遇之恩。于情于理,于私于公,都说不过去呀。

胡东皋到任后,仅在上朝之时,与张璁一同觐见皇上。关注胡东皋的同僚,耳闻目睹下,都没有胡东皋和张璁私下交往的迹象。甚至,张璁府的管家也说:"胡东皋不曾拜见过张璁一次。"

据说，张璁接待过多位来府上拜访的官员，唯独在乎胡东皋，却不见胡东皋的身影出现。管家知道主人的心思，知道内阁大臣一直把胡东皋放在心里。

南京太庙遭受火灾。众位大臣向皇上陈述自己的责任。内阁大臣张璁承担了职责范围内的过失，让胡东皋当了替罪羊——借"太庙事件"的由头，同意胡东皋离开朝廷，辞职还乡。

第二天，管家受张璁的嘱托，来胡东皋的住处，已人去屋空。没人看见胡东皋离去。管家打听到，胡东皋走的是水路，一个人，一个包裹，乘上了船。那时，太阳刚刚升起，不见船影。

之后，张璁闭门不出，有三日。

一座山

陈雍,余姚人,字希冉,成化二十年(1484)进士,被授予工部主事之职,主持修建通州仓,兼管张家湾瓦料厂。三年后,任刑部主事,又升任员外郎。他非常精通法比(法律条例)。刑部尚书白昂等对他很器重,很信赖。

陈雍调动频繁,升为湖广按察司佥事时,处理繁多的诉讼,惩治多位贪官,公正、严明。他仿佛是救火员,常常出现在官场"灾多"之地,调任山西左参议,晋升为按察副使。

他升任按察副使之时,恰逢太监刘瑾受皇帝宠信,独揽朝政。

一时间,刘瑾的府上登门拜访者如走马灯。官员们纷纷前来投靠,大树底下好乘凉。

刘瑾原本姓谈,入宫当太监,就改姓为刘。其父亲的妹妹嫁给了陕西布政使孙逢吉的儿子孙聪。孙聪为兵部司务,如狐狸般狡猾多智。刘瑾依赖他的多智,及时钻出"妙点子",视其为出谋划策的智囊。

孙聪脑灵手巧,还是一支好笔,可谓"妙笔生花"。由刘瑾发出的诏令,多出自孙聪之手笔。两人上下配合默契,玩朝政于股掌,很快编成一张官场之网。刘瑾掌纲,纲举目张。

刘瑾身居高位,一人之下,万人之上,有些话不便说。孙聪酒后吐真言:"我能左右一个人的生死。"

刘瑾在期待一个人来拜访,仿佛仰望一座山(刘瑾常喜欢登山)。可是始终不见陈雍出现。刘瑾诧异:"想要见的不来,不想见的都来。"孙聪放言:"陈雍其人,目中无人。"

众官都清楚刘瑾的手段了得:顺我者昌,逆我者亡。

刘瑾一副宽容大度的姿态,竟说:"有本事的人就会孤傲清高。喊山山不来,那就向山走,还征服不了山?"

刘瑾设宴,邀请陈雍。

亲信回报,说陈雍拒绝赴宴。

"给了什么理由吗?"亲信摇头。

"表示了什么心领的话吗?"亲信摇头。

"有过什么感激的表情吗?"亲信摇头。

刘瑾动怒,说:"请也请不动?我第一次碰上这么个硬茬子。"孙聪说:"敬酒不吃吃罚酒。"刘瑾说:"据传他声称身正不怕影子斜,我看,身正也该怕影子斜嘛。"

刘瑾恢复了平静,毕竟动怒失态,他笑了笑。孙聪心领神会。不出三日,孙聪就呈上了一纸奏折:弹劾陈雍。捕风捉影,罗织罪名,那是他的拿手好戏。

陈雍并不知一张网已悄然撒下。众人皆知,唯独他蒙在鼓里。而且,一切如常,看不出丝毫大难将至的迹象。

暴风雨突然来了。过后有人说起愚公移山的故事,挖山不止,感动了天帝。

那个时候,正巧结党营私的刘瑾失宠。皇帝明镜高悬。刘瑾乱了朝纲,被斩首,孙聪也被诛杀。由此带出了那张无形之网,网破了。

陈雍奉诏,抄了刘瑾的家。

树倒猢狲散。多位官员眼见陈雍逢凶化吉,就转而拜访陈雍。

陈雍依然如故,闭门谢客,只送出话:"回去详读法比,自行对号入座。"

两　山

骆用卿，字原忠。多年后，他给自己起了一个号：两山。他兴趣广泛，学识渊博。但是，参加科举考试，却屡考不中。于是，他就开设学馆，传授经典，养家糊口。但他还是不甘心就这样平平常常地度过一生。

同个家族里，有个男子，戍籍在关中。戍籍就是从戎籍或军籍。明朝兵制实行卫所制，卫所名册里的兵纳入固定的军籍，而且属于世袭。那个同族的男子，父亲被列入卫所的名册，儿子也得当兵。一旦入戍籍，除非升为规定级别的官，否则脱离不了当兵的宿命。当然，列入戍籍，可暂时还乡种田，但一旦收到召唤，必须归队。

那个同族的男子，接到了征兵的檄文，要求他前去戍边。男子恋家，不想去。

骆用卿听说后,就说:"你不想去,我代你去。"

文路走不通,就走武路。骆用卿带着另辟蹊径的想法,顶替前往。

从戎的行列里,骆用卿文气十足。弘治十四年(1501),他以卫学生的身份,参加陕西乡试,考中举人。正德三年(1508),他考中进士。随后,他仕途顺畅,多次升迁,担任兵部员外郎。他欣喜:换一条路,竟然走通了。

有一次,骆用卿奉命去山西巡视,路经韩信庙,他兴笔题写了一首诗。

不久,大臣李梦阳来韩信庙。李梦阳是当时诗文"复古运动"闻名遐迩的七子之一,见了骆用卿的题诗,说:"绝唱也。"

李梦阳叫人制作了"诗板",将其挂在显眼的位置。

骆用卿的名声传扬开了。嘉靖年间,大学士张璁和尚书汪鋐联名举荐。嘉靖皇帝采纳,骆用卿受命,为嘉靖皇帝选择陵地。

骆用卿精通风水学。他建议永陵建在十八道岭,而且,他认为山名不雅,改为阳翠岭(即现在昌平区天寿山阳翠岭南麓)。

嘉靖皇帝一并采纳了他的方案,又传旨,让他主持修建永陵。

工程浩大,骆用卿调度民工、建材、经费,管理得有条不紊。他听说,皇帝对他信任有加,现在要他建陵,将来还要他守陵——永陵。

骆用卿心里郁闷,愁眉苦脸。他想:文武两座山,文不通,武不达,两座山都攀不上,在山腰就半途而废了。他自嘲,给自己起了个号:两山。

一次,有个老乡来拜访,酒后,骆用卿吐言:"天生一个骆用卿,文不通,武不达,以为攀上了,却望险峰,难道只能当个守墓人吗?"

他还拍拍自己的腹部,说:"我算是满腹经纶,怎么能料到,根本不起眼的风水起了作用。坟墓有大有小,谁能躲得过那个归宿呢?"

永陵竣工,皇帝满意。

骆用卿突然推说身体不适,通宵失眠,要求辞职还乡。

皇帝恩准,赏赐丰厚。

骆用卿回乡,心定了。他重操旧业,开设学馆,收徒讲学。

西愚不在

陈焕，字子文，号西愚。其仕途，犹如一个虚空的圆，起点在"朝"，结尾在"朝"。

他考中正德十二年（1517）进士，任工部主事，算是"朝"中人。但是，他所在的分署机构在淮安的清家浦，负责管理运输粮食的船只。

武宗皇帝南巡，跟随皇帝的江彬正得宠，他沿途放肆地索取贿赂，唯有陈焕不给。后逢居于淮安的皇室宗亲陈某大兴土木，建造豪宅，凭借皇帝的恩宠，提出苛刻的要求，陈焕不应。

因此，陈焕得罪的皇亲国戚多了，那些身上有着皇家血脉的人暗地里联手，终于把陈焕"支"走。陈焕任南京刑部四川司员外郎，明升暗降。不久，升为广西右参议，担任柳州太守。后又升调为云南提学副使，负责教育和科举事务。

其间,诸多敬佩他的同僚,都提醒过他改一改坏脾气,不必那么"方",要学一学"圆"—— 通融、妥协。但他我行我素,升为湖广右参政,负责修建嘉靖皇帝父母的陵墓 —— 显陵,按期按质完成,且节省了支出。皇帝给予嘉奖,赐予银圆和丝织品,并提升一级官职,为江西按察使。随后,转任左右布政使。

不久,陈焕应诏回"朝"—— 转了一大圈,重返京城,担任光禄卿。因为,皇帝已有耳闻,宫廷内部单是"吃饭问题",就存在许多"漏洞"。

光禄这个机构,主要职责就是供应皇室的饭菜。陈焕自诩为"伙夫头"。他体会过"民以食为天"的"天"有多大,皇室内,似乎那个"天"不存在,不愁一日三餐。不在意就"无事",在乎了就"有事"。

长期以来,皇宫里的太监,有个不能上台面的惯例:多报名额,虚吃"人头"。约定俗成,分享好处。

陈焕"走马上任",第一件事,就是重新登记,核实人头,编制名册 —— 到底有多少张吃饭的嘴。然后,他按人口实数施行供应。

这样,就触犯了太监的利益。太监们结为同盟,皇宫内,一时间,流言蜚语,如洪水般扑向陈焕。甚至,传出话:"陈焕主持光禄,这饭,我们没法吃了。"

陈焕年龄渐老,那么多年的辗转奔波,已身心疲惫。这时,他的两个儿子,陈樨、陈升刚考中进士,像他当年,意气风发,朝气蓬勃,想干一番"大事"。可是,宫内一向认为不起眼的"吃饭"这种小事竟然也掀起"大"风波,让他始料未及。

陈焕像是给两个儿子泼冷水,又似乎是自言自语,说:"眼睛只见繁华。一不留神,脚却踏进了泥沼。我生平持操守,讲气节,图个洁身自好,自以为不至于邪恶。可眼前,继续走下去,就不可自拔了。谁会为'小事'来救我呢?'伙夫头'也不可久恋呀。"

儿子建议他向皇帝谏言。陈焕摇头:"这种'小事'打扰皇上,最终还是不了了之。那些太监根基深厚呀。我则立足未稳。"

于是,陈焕上疏,请求退休还乡。皇帝恩准了。他孤单单地返回余姚。在旧宅西南开圃,垒石头,养花草,建凉亭,以"愚"字命名亭景,有"八愚"。他在朝中唯一带回来的仿佛是"御膳"的食谱。

陈焕身在朝野,却享受"御膳"——吃朝廷的饭,那么难,还是自己烧给自己吃。

起先是亲戚,后是朋友,知道陈焕是朝廷管"饭菜"的"大官",就慕名前来走动、拜访。他的老宅就安静不了。而且,一传十,十传百,大家都向往"御膳"。亲朋纷纷建议他,开个"御膳"餐馆。

陈焕笑着摇头,说:"朝廷的饭有那么好吃吗?我还是做给自己吃吧。"

于是,陈焕闭门谢客,叩门也不应(似已耳聋),还在院门贴出门额:西愚不在。

替罪羊

沈尧孚,字子贤。他因家境殷实,成了巡盐御史的主吏掾。其实,就是父亲替他买了个官(父亲有了钱,还想有权,而且,儿子不是做生意的料)。他的一位同事,家境贫寒,却凭着勤学苦读,考入了这个部门。他俩私下里交往甚多,渐渐地,就无话不谈,情投意合,称兄道弟。

那个同事,内心藏着自卑,很在乎这种友谊,说:"冷眼受多了,你不嫌我穷,我在心底里敬佩你。"

沈尧孚说:"所谓富,所谓穷,都是我们父母的,都是我们父母那辈打下的基础,我们要创造自己的生活。我倒佩服你凭自己的本事进了官场呢。"

突然,有一天,那个同事被逮捕。沈尧孚了解了案情,况且他清楚那个同事的性格,他断定同事受了冤枉——当了某位职位高的官员的替罪羊。

沈尧孚自从入了官场,一直收敛着过去爱打抱不平的性子。这一次,他四处奔波,上下呼吁,托熟人,通关节,好像换了个人一样,终于救出了那位同事。

沈尧孚很欣慰,伸张了正义,凭自己的能耐拉了兄弟一把。那位同事说:"你救我于水深火热之中。"沈尧孚回到宿舍(他一向不锁门),点亮油灯,他愣住了。

那位同事的妻子坐在他的床沿,含羞低脸,像洞房花烛之夜的新娘。

沈尧孚说:"嫂子,你怎么在这里?你丈夫已出狱了。"

她坐着不动。

他打开门。繁星满天。他说:"请嫂子回家。"

她仍坐着不动,只是抬脸一笑。

他说:"你不出去,我就出去。"

她低头,不动。

沈尧孚疾步出户外。夜色中的房屋受着月光,明暗分明。他料定那位同事正在某个阴暗的墙角窥视着。

突然,沈尧孚冲着阴暗的墙角呼喊了那位同事的姓名(他一直叫惯了那位同事的名,不带姓)。明明暗暗的天地毫无反应。

沈尧孚愤怒了,大声说:"我以义让你脱离牢狱,你却以不义来玷污我,为什么?为什么啊?"

前面的黑暗里冒出个人影,传来那位同事的哀求:"不要喊了,不要喊了。"

月光下,两人面对面。

那位同事低声说:"你也知道我的家境拮据,我倾尽可怜的财钱,也不会入你眼,无以报答你的救命之恩,唯有我的妻子还有几分姿色。"

沈尧孚说:"本来你无罪,现在,你有罪了。你该重返牢房。你当了别人的替罪羊,而你的妻子,当了你的替罪羊。你怎么能做出这种勾当?!"

那位同事低声说:"我是真心报答你,只是没料到……冒犯了你,看在兄弟的情面上,恳求你原谅我。"

沈尧孚一摆手,像挥刀,说:"我第一次发现你实在太可怜了,你真正是穷到底了。我俩的关系从此一刀两断。现在,你立即将妻子带回家。我累了。"

沈尧孚远远地望着那个同事进入他的宿舍。然后,两个人一前一后出门,其妻跟在后边,贴着墙角的阴暗处,渐行渐远。他仰望星空,似乎要呐喊,却久久站立着,沉默。

明代（下）

西苑青词

嘉靖年间,盛行青词。众多词臣争相写青词,唯独陈升不写。

青词是一种独特的文体,是道教举行斋醮时敬献给天神的奏章祝文。嘉靖皇帝崇奉道教,斋居西苑(今中南海)。于是,众位词臣也在西苑搭屋建舍,如众星捧月,还纷纷写青词献给皇帝,以此邀宠,渐渐地形成了一种浓厚的风气。此类词被特指为"西苑青词",简称"青词"。

写西苑青词的伺臣,被称为"词臣"。所写的青词阅读对象很固定很明确,即特意颂献嘉靖皇帝。一些官员因为青词写得好,出手快,颇受皇帝宠爱,而破格入阁为相,被众官羡慕、仰望。反过来,又推动青词的繁荣。

词臣入阁为相,被称为青词宰相,有顾鼎臣、严讷、袁炜

（余姚人）、李春芳、郭林、严嵩等。他们被众多词臣视为仕途的楷模。

但是，汗牛充栋的青词如过眼云烟，留传下来的极其稀少。然而词臣小圈子之外的后裔，清朝龚自珍，旧瓶装新酒，他有一首青词被后人传诵："九州生气恃风雷，万马齐喑究可哀。我劝天公重抖擞，不拘一格降人才。"

陈升，字晋甫，号龙白，嘉靖二十年（1541）进士。少年时念私塾，记性超群，诗文读过第二遍就能铭记。堂兄陈恺跟他一起学习，有一次问他："将来有一天，你做了官，想做一个好官，还是要做一个好人？"

陈升说："好官不如好人，先做好人，再做好官。"

嘉靖年间，再度纂修《大明会典》，陈升兼任内朝（皇宫）、外朝（内阁）制度的修编。

内阁有人传达皇帝的旨意，要陈升写一首青词。陈升推辞，只是一笑，仍埋头修编会典。

陈升如登台阶，一步一步，逐级升迁。至担任侍读学士，明眼人替他着急，说："万事俱备，只欠东风，你就差一首青词了。"陈升一笑，不言。

九边重镇蓟州镇突起战事。皇帝令陈升守皇城。陈升有功，被提升为礼部右侍郎。

一次，皇帝来巡视，陈升接驾。

步行时,皇帝出其不意地问:"对你来说,青词应当不难写吧?"

陈升想起多年来,时不时有词臣委婉地让他写青词,想必皇帝很在乎。陈升答:"青词不难写。"

皇帝说:"怎么唯独不见你献过一首青词呢?"

陈升说:"有那么多词臣擅长青词,少我一首也无妨。我只图做好分内的事情,丝毫不敢懈怠。"

缄默片刻,皇帝说:"这么多年,你的行动就是绝佳青词。"

不久,父母病亡,陈升返乡守孝。守孝期满,被重新起用,任南京礼部左侍郎。一年后,接受皇帝旨令,修建凤阳陵。因劳累过度,身体衰竭,途中突然病卒。

皇帝追赠其为礼部尚书,谥"文僖"。

邵基之难

邵基刚一上任,就接了戈永庆杀人案,收到了严嵩的口信,一前一后。

戈永庆的岳父是当朝内阁首辅大臣严嵩。戈永庆仗着岳父的威势,仅仅因为有个农夫推车,让道迟缓,光天化日,他当场杀了那个农夫。杀人案迟迟未结。前任把这个烫手山芋丢给了邵基。

邵基中嘉靖十四年(1535)进士,被授予江西进贤知县之职。进贤的家族势力庞大,号称"难治之地"。他拒贿赂,治霸道,扶正气,助良善,减铺张,免税赋。当地人称他这是"治难"。三年任期届满,通过考核,经举荐,入京重新授职,被授予江西道监察御史之职,巡视按察长江上游江防。戈永庆杀人案发生在新余,新余恰是严嵩的老家。

邵基身未到,其名已先至,大家知道他办起案来,铁面无私,六亲不认。不过,新余可是严嵩的"屋檐"。

同署共事的一个资深官员及时传达了严嵩的口信,严嵩对此案甚为关注,且忧虑。原话是:"我女婿的案子,据说由邵基接手,我知邵基为人为官的风格,是生是死,望他裁处了。"

邵基在前任那里获知,此地的官,说好做也好做,说难做也难做,此地多有严嵩的眼线,一举一动,不可妄动。他点了点头,说:"知道了。"

当晚,月光如霜。有人登门来送礼,还自报家门,是戈永庆府上的管家,说是案子了结后,戈永庆会专程登门拜访。还透露,主人的岳父严嵩推荐过邵基担任"故里"的要职,大人罩着,前途无量。

邵基没有拒绝厚礼,要求戈永庆明日出庭。第二天,他交出礼物,登记入册。同时,传唤被告戈永庆。

戈永庆不肯露面,派管家来探口风。

邵基说:"过堂断案,被告总得到场嘛。"

管家说:"走走过场,应当应当。"

戈永庆终于亲自到案。

邵基宣判主犯死罪,当场击棒。棒数,不叫停就不能停。

那个传严嵩口信的同僚,倒是焦急了,时不时递送眼神,还做出"停止"的手势。

邵基视而不见，还宣判戈永庆的管家和数个家童的罪行，将他们捉拿入狱。

那个同僚如坐针毡，起身，来到邵基身旁，悄声说："性命关天，不可再打，给他留条命，也是给你留条路。"

邵基一脸严肃，叫停。

那个同僚过去查看，戈永庆已气绝。

邵基摘下官帽，放在案头，宣布退堂。

那个同僚说："你邵基，前前后后，我看出，你有心诱骗被告出堂，却不给首辅大臣严嵩一点面子。"

邵基说："我给他面子，谁给我面子？现在，我自摘帽子，听候发落了。"

京城很快有了反应，邵基听说，严嵩大怒。他的情况，倒与戈永庆有相似之处——听候发落。只不过，他是平静地等待着结果，仿佛知道了结果，却难料何时出现。结果出现之前的时间，在拉长、延缓，如一个巨大的空穴。

像来填补空虚，又一桩杀人案，入室抢劫，杀人灭口。那个盗贼托人携黄金三千两，前来请求宽赦死罪。邵基亲自带人，张网缉捕，终于将凶手捉拿归案，将送黄金的人一并判罪。然后，他主动提出卸职——抢在解职之前，打算还乡隐居。

邵基缉捕盗贼那段时间，正值酷夏，奔波，操劳，昼夜颠倒。没料到，严嵩的处罚结果尚未降临，中暑却了结了他的生命。

弥留之际,邵基笑了。无官一身轻,严嵩的处罚对他已不起作用。不过,他的同乡赶到了。他说:"我判了案,就摘了帽,人算不如天算呀。"

同乡吕本和赵锦也在朝廷为官,他们一起竭力消除严嵩的怒火。严嵩曾说:"这个邵基,给脸不要脸。"最后,严嵩收回了惩处邵基的命令。

邵基握着吕本的手,笑意凝固在脸上,留下一句话:"做人难,做官难,想做个好官更难。"

萧滩驿站

蒋坎担任江西临江府知府,早先的同僚纷纷祝贺他:"临江是个升官的跳板,治理好了,就会受到重用,就能重返朝廷。"

严嵩把持朝政,威震天下。临江是严嵩的故乡。故乡的情况,点点滴滴都能及时传到严嵩那里。

蒋坎,字养孚,嘉靖十七年(1538)进士,被授予兵部主事之职,主管军事学校。他还亲自向武学生授课。《六韬》《虎钤经》等兵书,他讲解起来,如同自己的掌纹那么熟悉、细密。受其教育的武学生,后来多有显赫的军事成就。他多次晋升,担任车驾郎中。屯垦戍边的兵部侍郎曾铣主张收复河套地区。皇帝将其奏章转发给朝廷相关部门商议,各部门只阅不言,唯有蒋坎切中实际,上书陈述,力挺曾铣的主张。但是,蒋坎的奏章却被束之高阁。

私下议论,众臣认为他对,但没人站出来。蒋坎又上书。不久,他被调离京城,赴江西瑞州任太守。认同他的人说:"蒋坎若将兵书里的计谋,略取一二,用在官场,可以左右逢源,也不至于落得个孤家寡人的地步。"

蒋坎的父母去世,他回家守孝。按规定,守孝三年。然后,被重新起用,赴任临江府知府。其前任就是这样被严嵩提拔进入朝廷。

蒋坎发现,临江弊病甚多,而且,一直捂着。他到任后,各种弊端就浮现出来。比如,盗杀耕牛的案件频发,各级衙门应接不暇,已见怪不怪了。地方官员报喜不报忧,高高在上的严嵩是被蒙蔽了吧。

丧失了耕牛,荒芜了田地。蒋坎精心布网,捕获盗贼。盗杀耕牛的情况逐渐地收敛、消除了。

蒋坎投宿过许多官办的驿站,大多很清静。可是萧滩驿站却异常热闹。他了解到,各地的官员纷纷前来"朝拜",因着临江是严嵩的家乡,仿佛拜访临江就是亲近严嵩:要升官,访临江。

萧滩驿站对来临江"朝拜"的官员,均有详细的登记。据说,每年,名册都会被呈送严嵩过目。

萧滩驿站位居临江官道的水陆要冲,车和船都在此中转。投宿萧滩驿站,常常要预订,而且,来来往往的官员,相互嘱托，相互交流，似乎聚集到了萧滩驿站，都是严嵩底下的人了。官员还将来此"朝拜"的次数作为谈资并引以为豪。

萧滩驿站核定的驴马数量，有两本账，一本对"上"，在规定的范围内，另一本对"内"，超出规定的一倍。其饲料，由临江府额外调拨。萧滩驿站的驴马似乎特别能吃，但体力消耗也特别大，迎送"朝拜"，驴马出勤，不堪承受。

蒋坎说："天下驿站的驴马，不如萧滩驴马受苦受累。"一位官员说："与其说承受苦累，不如说是享受专用。"蒋坎说："驴马知道什么？"蒋坎决定，把驴马缩减到"上边"规定的数量之内，超编的驴马一律遣散，转为农贸的劳动力。并且，对来往的官员，使用驴马，要付费，供应饮食，也不优惠。

接待费用大幅度减下来，官员的不满却爆发出来。投宿的官员甚至指责蒋坎："你的这种做法是对当今首辅严大人大不敬。"

临江府内的资深下属委婉地劝说蒋坎："知府在临江做，严嵩在朝廷望。"还以他的前任为例：临江的业绩，驿站是个关键的"窗口"，那些来往的官员，每人吐一口唾沫，就如临江发大水。其前任就是善于"经营"萧滩驿站，大大方方，热热闹闹，款待走马灯似的各地官员，获得了绝佳的口碑呀。

蒋坎我行我素，实施了治理萧滩驿站的措施。当地的百姓都称赞并敬仰他。江西官府向朝廷举荐过他数十次，没料到,蒋坎不但没有升迁,却突然被罢免了。

临江府内上上下下,无不佩服蒋坎的胆量,只是替他惋惜:"成也萧滩驿站,败也萧滩驿站。"

蒋坎还乡,六十四岁去世。据说,梦中他时常喊"萧滩驿站"。其儿子蒋功还以为他在呼唤一个人。

怒　发

金蕃的头发,又粗又黑又硬。起先,人们以为那头发不服帖,高高地顶起他的官帽。渐渐地发现,他遇到不平的事情,尤其是审判案件,他就怒发冲冠。

金蕃,字世章,嘉靖二十年(1541)进士。初任广东顺德知县。他每天头发都竖起,显出愤怒的样子。因为顺德县豪强称霸,强盗猖狂,官员贪腐,社会秩序混乱,各种案件频发。

金蕃施政严厉,执法如山,疾恶如仇。不出一年,刑事案件减少了。老百姓用歌谣赞颂他"愤怒的头发"。豪强、盗贼畏惧他的怒发。

于是,他被提升,入京城担任刑部郎,转而,被放到地方,担任湖南岳州知州。所到之处,由于执法无情、勤政廉洁,受到当地百姓的称赞。他那怒发也闻名遐迩——强者畏惧,弱者喜欢。

当时,严嵩独揽朝政。金蕃接到指令,入朝觐见皇帝。入了京城,金蕃才知道,多位藩台(布政使)、臬台(按察使)、太守、知县也应召来了。据悉,均为有名望有政绩的官员——朝政栋梁,仕途光明。

料不到,严嵩的儿子严世蕃竟然率先设宴招待了准备觐见皇帝的官员。

官员们心领神会,虽然严嵩没有露面,但是,与严世蕃交好,就能博得严嵩的欢心。官员们争相带着重礼——多为重金,赴宴。

宴会的大厅里有专人登记,传报。官员们暗自相互攀比,以送重金表示献忠心。

金蕃的礼物是四匹绢帛(四丈为一匹)。金蕃收到请帖。登记的人带着讥嘲的口气通报严世蕃。官员们认出了"愤怒的头发"——必定是岳州知州金蕃,终于让人大开眼界了。如此轻薄的礼物也拿得出手?

严世蕃闻讯前来,打量金蕃,说:"你我的名字都有一个蕃,何为蕃?"金蕃说:"可解为茂盛,也可意为繁殖,此蕃非彼蕃呀。"

严世蕃说:"今天是个难得欢聚的日子,你为何顶起愤怒的头发?"

金蕃摁了摁官帽,似乎担心失礼——不让怒发顶掉官帽。

严世蕃转身离开,据说,他大怒,拍了一下宴桌。

严世蕃放出话:"我要让他知道,什么叫怒发冲冠。"不久,金蕃被罢官,而那批官员陆续被提升。

金蕃还乡赋闲。他居住的房屋很简陋,数得过来的几根椽子,像肋骨。他头戴方巾。人们想见也见不着传说中的"怒发"了。他身穿道袍,自号"嘉循山人"。

常　棣

黄尚质刚一就任,就接了一桩曾姓兄弟分家后的田产纠纷诉讼。

县衙的资深人提醒黄尚质,那兄弟俩是"老油条",似有打官司的瘾头,打了多年,多位知县都判不下,清官难断家中事呀。

黄尚质,字子殷,号醒泉,嘉靖二十八年(1549)举人,随即就任河南省息县知县。他说:"我就不信了结不了此案,怎么说也是同胞手足呀。"

升堂后,兄弟俩分别陈述,指责对方,像是仇人。

黄尚质伏案书写,放下毛笔后,他敲了惊堂木,将两张宣纸分别交给兄弟俩。

两兄弟看了纸上的字,一脸疑惑。

黄尚质说:"现在休庭,你俩回去,熟读这首诗后,我再判,三日可够?"

兄弟俩说:"足够,足够。"

纸上书有《诗经·小雅》中的诗一首:《常棣》。黄尚质用的是工整的楷书。

兄弟俩醒悟:我们说,以为他在听,在记,竟然写的是跟官司毫无相关的古诗。

过了三天,姓曾的兄弟入县衙,立定,手拿诗。

黄尚质敲了惊堂木,问:"可读懂了?说来听一听。"

兄弟俩相互瞅一瞅。弟说:"有的懂。"哥说:"有的不懂。"

黄尚质说:"似懂非懂,我如何判?这么吧,我给你俩辅导一番。"

兄弟俩说:"恭听县老爷指教。"

黄尚质说这是一首赞赏兄弟亲情的诗。首节,开门见山,以常棣之花比喻兄弟之情。他吟一节,讲一节。

在场的县衙人员,都熟悉那对兄弟,却是第一次见识新来的知县如此断案。新奇的是以诗判案,仿佛这里成了课堂。有两个人窃窃私语:"新来的知县可能当过教书先生吧?"

黄尚质仿佛沉浸在《常棣》的诗境之中,边吟诵边解释,还没读出最后一节,他竟然不能自制,低声哭泣起来。

兄弟俩随即跪下,也流出了泪。

黄尚质失了态,拭了泪,恢复状态,似乎意识到自己的身份。

兄弟俩磕头,异口同声地说:"这个官司,我们不打了。"

黄尚质说:"不用我判,到此为止了?"

兄弟俩相互谦让起来。

黄尚质说:"如若维持现状,永不反悔,兄弟之间,相互鞠一躬,表示和好。"

兄弟相互鞠躬,转而一起向黄尚质鞠躬。然后,离开。

堂中的人都惊诧了,打了那么多年的官司,一首古诗就判定出结果。

黄尚质说:"我尊敬教书先生,却没当过教书先生,仅仅是喜欢读古诗而已。"

那两个议论的人,捏捏自己的耳朵,说:"大人,我们说漏嘴了,没见过这么判案,没用的东西有用了。"

黄尚质说:"哪个人没有天性?如若我启动法律进行判决,反而使兄弟感情沉沦于不和睦的境地,诗教他俩心悦诚服了。"

复 仇

张震最早的记忆就是疼。手指上的疮伤，一挤，就流出黄黄的稠脓、红红的血。母亲抱着他看过好几位郎中，疮口仍愈合不了。

脓疮的疼痛伴随着他成长。起初，他只是哭，后来，他能说完整的话了，就问母亲："为什么我的手指会疼，别人的手指不疼？"母亲一流泪，他就闭嘴，他不愿母亲哀伤。而且，手指疼起来，他也不哭了。

母亲边给他的疮口清洗、敷药，边流下如断线珍珠般的眼泪。他说："我不疼了，我自己来。"母亲破涕为笑，说："我们的儿子懂事了。"

他已念私塾，仍捉摸不透，母亲明明是一个人，为何用"我们"呢？他说我用"我们"，私塾先生纠正他，两个人以上才能用"我们"这个称谓。

张震不和同龄的小孩一起玩耍,喜欢跟比他大好多岁的孩子一起。终于,一天,回家,他问母亲:"我怎么没有爸爸?"母亲流泪,他就不追问了。

母亲鼓励他出去跟小伙伴玩耍,他不肯出门。母亲发愁。他问:"我手指的疼为什么停不下来呢?"母亲又流泪。他给母亲抹泪。母亲说:"我们的儿子提早懂事了,现在有件事该告诉你了。"

父亲被同族人陷害,含冤而死。那时,张震刚满周岁。弥留之际,父亲狠狠咬了儿子嫩嫩的手指,然后指名道姓——那个陷害他的人,说:"我的仇人,你要牢记。"

那时起,张震的手指开始化脓,那疼痛似乎是父亲持续的提醒。

张震终于明白了"我们"的意思,他发誓:"我们一定替爸爸报仇。"

母亲说:"你还小,要好好学习。"

张震读书,似乎读不进,他在书里找有关人物复仇的事迹和话语。比如:"君子报仇,十年不晚。"他遗憾自己的体质弱,自小就体弱多病。他很内向,只结交了一个比他大六岁的朋友。那个伙伴很仗义,说:"你力气小,我帮你收拾那个家伙。"

他后悔将父亲的事情不小心吐露出来,他说:"我一个人的事,不用你插手。"

从此,张震和那个朋友断绝了来往,转而跟年纪更大的人接近。比如:替别人看看店门,帮别人拎拎东西,或跑个腿,捎个信。在成人中,他像大树下的一株小草。不过,大树和小草能融洽相处。

终于,他通过一片大树,接近了一棵歪脖子树,父亲临终所提的那个人。那个人肩膀一高一低,婚后,一直没孩子。

张震亲近他,他接纳了张震。那个人在乡里很霸道很粗野,当面,没人敢招惹他,背地里遭人骂,说他作孽太多,断子绝孙。

那个人和张震竟然像忘年交。不过,那个人的态度,更似父亲对孩子,似乎根本不记得陷害过眼前这个小孩的父亲的事情。或许,岁月早已冲洗干净了那个人的记忆。眼前,他只是喜欢这个小孩。

张震长出了胡子,那个人把他视为自己的孩子一样了。捕了鱼,打了酒,也唤张震来陪。两人饮酒,兴致颇高。

张震无数次想象怎么复仇,他清楚,只有一次机会。那个人那么壮实,他这么瘦弱。有一次,那个人高兴地拍了一下他的头,他的身子仿佛缩下去了。那手掌如同打桩的榔槌。

那个人醉了,像一个装满沙子的麻袋。

张震操起一把剔骨的刀,模仿杀猪,闪着白光的刀子插

进,"麻袋"立刻喷出鲜红的血。

张震跑到父亲的墓前,望着墓碑,说:"爹,我们一直记着你的遗言。今天,我们终于报仇了。"

他跪在墓前,望着墓碑,他的记忆里没有父亲的模样,仅凭母亲这么多年的只言片语,拼凑不出父亲的形象,模糊而又虚空。

本来,他以为复仇了,会有痛快的感觉,可心里却像一个空洞。

十六年,亲情、友情,都是为了复仇。这下好像已活到了生命的尽头。

他供认不讳。当堂判决。似乎他是"为民除害",隐约能听出衙门同情他复仇的志气。他被免予死罪,充军边关。

最后一眼望见母亲的泪脸——他泣不成声。他对母亲的脸,也陌生了,模糊了。他像一棵树,被连根拔起,又被挪动。他咬了一口手指(自从母亲告诉他父亲的死因,手指的疮口竟然自愈了),只见鲜血,毫不疼痛。恍惚中,他本身就是一个巨大的疮伤。

三年后,遇到大赦。他获释,还乡。屋中已长出草。他去墓地,父亲的老坟旁,有母亲的新坟,新坟也被青草覆盖了。烧了冥纸,纸烬如黑色的蝴蝶,随着微风翩翩飞舞。他问:"复了仇,充了军,我该怎么活?"

扇　人

朱锦一年四季都拿着扇子。乡里人,一般多用蒲扇。而且,逢了炎热的夏日,才启用扇子。朱锦拿着的丝绸折叠扇,有隐隐的花纹,似乎从没收拢过。他出门,就打开扇子,偶尔,小幅度扇一扇。

那把扇子是朱锦的标志。有一个外乡人,一个严寒的冬日慕名来找朱锦。乡里人就说:"看见拿着丝绸扇子的人便是。"

无论春夏秋冬,还是雪雨晴风,那把扇子和朱锦如影相随。冬天,那把扇子尤其惹眼。据传,朱锦抓周,众多的物体里,他抓了一块彩色的丝绸。曾祖父朱端顺口给他起了名:锦。他字文弢,号恕铭。

万历二十年(1592),朱锦考中了进士。朝廷放官,任江西金溪县知县。他执法不阿,对上不屈从、不奉迎,升为礼部精膳司郎中，后升为扬州府知府，屡建业绩，又调任河南按察司副使。他办案，习惯扇扇子，下属以为他采取这样方式保持冷静。遇上某御使，罗织罪名，上疏责难朱锦，实因朱锦所持的主张与那位御使相悖，且不留情面。

某御使还放言侵害朱锦，不干事的人找干事的人的茬子，很方便。

于是，朱锦气愤地辞职还乡。幸亏祖上还留下了家业，他闭门著书。这也是余姚人出门为官的传统：著书立说，做学问。他著有《字学集要》《今古纤筹》《君臣当机录》《四六类函》《千岁考》。

曾祖父朱端，字思正，常常救济乡里乡亲。乡里人私下里给他取了个号，叫"济斋"。曾祖父的一言一行，都滋润着朱锦。自小，他就用压岁钱接济过家境拮据的小伙伴。为此，曾祖父会多给他压岁钱，以示鼓励。

朱锦辞官还乡，养成了散步的习惯，边走边看边思，许多灵感从散步中得到启发。当然，他还是一贯的形象：唱戏的曲不离口，朱锦则扇不离手。

有一天，路遇一个妇女抱着婴儿哭泣。他驻足询问缘由，是因其丈夫负债，无力偿还，打算卖掉妻子——从此母子分离。

朱锦频频摇着扇子，说要见一见她的丈夫。

那是个冷冷清清的茅屋，朱锦把那个男人引到朱宅大院。取了钱，让他还了债。朱锦还安慰他："没钱不急，有了再还。"

那个男人说："你是个善人。"

善，扇也。从此，朱锦有了个别号：扇人。

朱锦借钱给穷人，而富人来借，他总是婉言拒绝。他说："我不求锦上添花，只图雪中送炭。"

他借出了钱，不催，不讨。妻子提醒他，他说："人家不来还，就说明没有钱还。"

大多数的穷人，借了钱，还不起，成了"千年不赖，万年不还"。邂逅了，有的人会说："一时筹不齐。"朱锦摇一摇扇子，笑一笑，说："不急不急，免了免了。"

朱锦接济的穷人多了。扇人的名声传开了。

有的借了钱，生怕遇上朱锦，就远远地避开，提前绕着走。那个负债欲卖妻的男人就属于这一类，因为数额过大。

其实，朱锦的家庭，到他手里，只出不进，已入不敷出了，只是朱宅大院还保持着富足的架子。妻子发愁，时而提醒他："手该收紧了，别再放手了，你不持家，不知油盐酱醋贵。"

朱锦沉默，只是频频扇扇子。妻子反复说，他偶尔吐一句："屋里这么热。"

时值初冬。一逢妻子絮叨"油盐酱醋柴"，他一副"恕不奉陪"的姿态，出门，上街。

那天，他迎头碰上了那个男人。那个男人低头走路，躲避不及。

朱锦立即用扇子遮住自己的面额，生怕对方认出自己那样。双方隔扇，擦肩而过。

仿佛扇人欠了债。过后，那个男人对妻子说："惭愧惭愧，碰上了，我想说一时还不起的话，那把扇子不让我为难。"

这话，一传十，十传百，传到了朱锦的妻子耳朵里。妻子说："人家欠了你的债，你倒躲在扇子背后，像没过门的小姐害羞那样，你又没欠人家的钱。"

朱锦说："那个男人不容易，欠了债，还不起，内心纠结，感到惭愧，他能说什么？我能怎么说？双方尴尬，索性我主动，以扇遮面。"

妒　忌

余姚驻扎着一支军队,统帅姓赵。很多士兵征自当地。余姚素来崇文,但也尚武。毕竟靠海,常有倭寇、海盗来骚扰。

军中,最有名气的三个人是余姚人。他们仿三国桃园三结义,结拜为三兄弟。三位壮士力大无比,他们征西寇、抗东倭,屡建奇功。

骆尚志擅长使大刀,号"骆千斤",升至副总兵。万历三十年(1602),余姚县里修建学校,骆尚志捐献良田四十亩。这是余姚的义举传统。他说:"护江山靠武,守江山靠文。"

叶道元,也号"千斤",通常官兵不能与他相提并论。其实,他比骆尚志的力气还要大,超出千斤,是骆尚志最先开口叫他"叶千斤"。他的拳脚了得,以徒手空拳搏击而扬名。就是心直口快,看谁不顺眼,就不客气。

娄师可略逊，号"娄八百斤"，简称"娄八百"。

军中，骆尚志一人之下，千人之上。在上的那个人便是赵总兵。他习过武，但体质稍弱。他善于打点，疏通"上边"的关节，且人脉广，颇会笼络下属。其家庭殷实，用"油水"滋润官场，被举荐为那支军队的统帅。

逢了战事，总是由骆尚志带队冲锋陷阵。后方的赵总兵手下的笔杆子，总结战绩，往往是骆尚志指挥有方，功劳记在赵总兵的名下。幸亏骆尚志不计较，不在乎。赵总兵说他是一个武夫。

有一次，三"千斤"（将八百斤四舍五入，以增军队的威势）分头把守要塞的三个方向，敌强我弱。

叶道元所在的阵地最为惨烈，出阵的兵，纷纷倒下。他独自一人厮杀涌来的倭寇。刀钝了，失手落水，他拔起水中的木桩，在及腰的水中坚守了三个时辰。倭寇数次撤退，重又组织进犯。

赵总兵居高临下，目睹了水中的叶道元，如一棵狂风中的树，不弯不倒。赵总兵迟迟不发兵。

赵总兵感叹："一个骆尚志已给我压力，这个叶道元比骆尚志还有能力，他发发牢骚就够我难堪的了。"

身旁的亲信领会了赵总兵的心思，说："我去检验一下这个'千斤'的能力。"

赵总兵只当没听见，仅流露出一丝微笑，仿佛是对战事的反应。

亲信知道，赵总兵发怒是爱，恨身边人朽木不可雕而发笑是动了杀机的信号。

那个亲信，携着弓弩，找到一个隐蔽的角落，选取一个巧妙的角度，朝着水中仍在挥动木桩的叶道元发箭，箭射中。

赵总兵望见叶道元如一棵树突然被伐倒那样，沉入水中。

夕阳收敛起最后一缕晚霞，西边的天际像洒满了血，映红河水，是晚霞，还是鲜血？

倭寇撤退。

赵总兵只是对那个亲信点了点头，要他通知慰劳将士。连夜，他授意起草战报。夜深时，却听骆尚志喊着闯入，赵总兵顿时乱了手脚。

菊 花

徐泰(字泰宇)在大堂里摆好酒席。好友于宗祊应约来时,徐泰刚好沐浴完毕,换了一身新做的汉服。

于宗祊疑惑,说:"现在外边情况危急,你又是设酒席,又是换新装,还洗了澡,我从来没见你这样呀。"

时值丙戌年,即顺治三年(1646),清朝军队占领了江南,监国暂代主政,号称鲁王。他的各位大臣奋力抗清,大多数已牺牲。徐泰是个做生意(贩纸)的人,已关了店门,他总是说自己是大明王朝的子民。

八仙桌旁只坐着他俩。徐泰说:"这是与你最后一次同坐一张酒桌了。"

于宗祊看出异常,说:"看样子,泰宇有什么重要的行动?"

徐泰先敬一杯酒,说:"论武,我不如一个普通的士兵;论文,我不如满腹学问的贤弟。大明已经危亡,我只能穿着大明的衣服,去地下见祖先了。"

酒后,徐泰送于宗祊于院门外,拱手告别。

于宗祊回到家,醒了酒,感觉不对。借着冷冷的月光,叩响徐泰的院门,说:"我有急事要告诉泰宇。"

家人说徐泰已就寝了,可能醉了。

于宗祊执意要见徐泰。门反插了,不得不撞破了门。

徐泰已悬梁。顿时,家中乱了。放到床上,过一会儿,徐泰苏醒,说:"我不是跟你告别了吗?"

于宗祊说:"你不过是一介草民,大明王朝不是丧失在你的手中,你为何想不开呢?"

连续三日,徐泰不说话,不进食。妻儿、仆人守护在他的身旁,谨慎地防备他想不开。

于宗祊一日两趟来探望他,陪他闲聊(多为往日的友谊)。徐泰面无表情,不接话,仿佛生着于宗祊的气。

七日后,出现好征兆。徐泰似乎饿了,吃了饭,突然像早先那样,又说又笑了,而且,在院子里走动。

徐泰向来喜欢养菊。他仿佛对菊花表示道歉,舍不得离弃它们那样。他又浇水,又松土,还对儿子说:"谁能像我这样照顾菊花呀?"

于宗祊对徐泰的妻子说:"泰宇爱菊花是出了名的,喜爱菊花,就是珍惜生命。看来,泰宇想开了,有了精神寄托就好,你们就让他一个人忙吧。"

徐泰还频繁地约请于宗祊和朋友们来赏菊。朋友们带来围棋、酒盏。那个院子仿佛隔开了外边紧张的气氛,似世外桃源。但是,徐泰一步也不出院门。

这样,众人坐在菊花丛中玩赏、取乐,有九天。家人、朋友都相信,徐泰已抛弃了自杀的念头,享受起生活了。渐渐地,不再紧紧地陪护着他了。

一天,和煦的阳光照满了院中的菊花,有蝴蝶,有蜜蜂。家人轻手轻脚,生怕打扰了徐泰的睡眠。

终于,妻子沉不住气了。徐泰还没有过这么迟起床(自从清军占领江南后,徐泰借口失眠,就独居了)。

叩门,呼唤,毫无回应。再一次破门而入。床空着,被子整齐地叠着。

卧室上有阁楼,放些杂物,平时,家人很少上去。徐泰在阁楼上吊,双目睁着,身体已冷却。

于宗祊闻声赶来,痛失挚友,他对着尸体说:"泰宇,这些日子,你让我们放松了警惕呀,你死不瞑目。"

守灵。徐泰的遗体放在移进来的菊花丛中,他预先穿上了那套新做的衣服。他留有遗嘱:"将我化为菊之养料。"

断尾雄鸡

厉德斯,字直方。他的性格,又直又方。妹夫叫曹咏,因为是秦桧的得意门客,所以,担任会稽太守(那时余姚属会稽郡)。

担任了会稽太守,许多人争先恐后地投靠曹咏。他就是喜欢被抬轿被簇拥的感觉。他出行,总是前呼后拥,鸣锣开道。

唯独厉德斯不去曹咏府走动。妹妹也托人捎话,让厉德斯去。厉德斯听出那是曹咏的意思,夫唱妻和。

曹咏讥讽厉德斯的脾气:"不食人间烟火。"私下里,给余姚知县授意,由知县出面,举荐厉德斯为村长,而且,派给他的任务,就是治理积累多年的弊端。

曹咏期待厉德斯碰了"钉子",就会上门来请求。他知道厉德斯做事执着,他只是想改一改厉德斯的"臭脾气"。

厉德斯知难而进,毫无怨言,没日没夜地处理村里的难事。

知县来慰问,劝说道:"人家攀不上,还要找关系。你现在有一个当太守的妹夫,朝中有人,大树底下好乘凉。要不,我陪你去拜访一趟?"

厉德斯说:"人以群分,物以类聚。我听说,他那个朝中人名声不好。"

知县环视四周,说:"此话不能随便乱说,那可是当今显赫的丞相呀,你妹夫也是他的门客。说实话,我也不愿让你干这个苦差事。"

厉德斯说:"他走他的阳关道,我走我的独木桥,我只有苦中作乐了。"

秦桧死后,树倒猢狲散,曹咏被贬到祈州。那是偏远之地,是越南的新州。当时,多地设置了新州。

厉德斯终于看在妹妹的情分上,去了被抄过家的曹府。毕竟妹妹要跟随曹咏漂泊远方,很可能再也不能相见了。

厉德斯有感而发,赠诗十首且作钱行,其中一首刺疼了曹咏的心。

"断尾雄鸡不畏牲,凭依掇祸复何疑。八千里路新州瘴,归骨中原是几时?"

妹妹说:"妹夫一直期待着你来,想不到你在这种时候来了。"

厉德斯叮嘱妹妹:"我不来,谁会来?越南的新州,湿热蒸郁,瘴气浓重,会致人疾病,要多加保重。"

曹咏看了诗,顿生一脸怒气,只是摇头叹息。那"断尾雄鸡",如同火上浇油。早知今日,何必当初?雄鸡生怕成为祭祀的供品,因而自残其尾,那是生怕被宰杀,受伤害,取掉自身显赫和惹眼的部分。

厉德斯不响。他的眼里,妹夫是如此陌生和可怜,就像斗败的雄鸡。

曹咏将诗稿塞入行囊,憋着一股子气,离开了豪华的曹府。他时不时地回望,竟没别人来送行。他仿佛在会稽做了一场美梦,突然被打断。

兽　吻

施邦曜,字尔韬,万历四十七年(1619)考中进士。他想做学问,于是改任顺天军事学校的教授。

他历任国子监博士、工部营缮主事,后晋升为员外郎。在员外郎任上,恰逢魏忠贤为首的阉党得势——太监左右朝政。

魏忠贤为博得皇帝进一步的宠信,发起修建三殿工程。一时间,各个部门的官员纷纷到魏忠贤的府上拜访。魏忠贤趁机网罗自己的派系。

唯有施邦曜不露身,不附会。

魏府对来访的官员均有登记。魏忠贤打算敲打敲打他,派给施邦曜一个活儿:限期五天,拆除北堂。

偏巧刮起了大风,吹倒了北堂。明显完不成的任务,大风助力了施邦曜,也算按期拆除了。魏忠贤不露声色:"大的算你有运气,那么小的看你有多大能耐?"

施邦曜接了第二个任务。魏忠贤冠冕堂皇地说:"考虑到你学识渊博,请你制作一个小物件——兽吻。"

兽吻,那门扉上的环形饰物,形状如兽首衔环。其当然有来路——必须仿照嘉靖年间兽吻的形象。但是,嘉靖年间的兽吻已经消失在历史之中了,而且,连模型也无从查考。

施邦曜有个难以消除的毛病:夜间多梦。梦里常常出现莫名其妙的怪异的东西。他查找档案,采访匠人,却丝毫找不出兽吻的线索。

眼看限定的时间步步逼近,他已连续三日通宵无眠。随后的一日,他似睡假醒,仿佛处在梦乡与现实的门槛之间,进退两难,徘徊不定。恍惚中,他听见一个声音,悄悄说:"风刮倒的废墟里,掘地三尺,可得兽吻。"

确定无疑,他做了一个梦,那梦中的声音却异常清晰。

天蒙蒙亮,他带人挖掘北堂的废墟。果然,三尺深的地方,藏着一个兽吻,而且是嘉靖年间的兽吻,有字为证。

魏忠贤一人之下,万人之上,就不再为难他了。毫无踪迹、难以查找的小物件,施邦曜也能找出来。不过,留他在朝廷,迟早是个隐患,毕竟他自视清高,不愿顺服。魏忠贤就以皇帝的名义,调施邦曜任屯田郎中(你不是能在地下挖出兽吻吗?)。不久,又调任漳州知府(你不是样样都能应付吗?)。那是难以治理的地方:盗贼猖獗。

不 用

终于击退了倭寇。当晚,临山卫(今临山镇)一派寂静。一弯明月似有血色。

戚继光敞窗诵经。军务之余,他必诵经。只不过,那天晚上,他诵经的时间长些。

然后,他宽衣解带,上床入眠。深夜,有一名阵亡的士兵闯入了他的梦。

那个士兵说:"明日,我妻子将来拜见将军,请将军诵一卷《金刚经》,为我超度,我已托梦给了妻子。所以,特意前来告知将军,我妻子的发辫上有一朵白色的绢花。"

第二天,太阳刚刚升起,卫兵便来通报:"有一村妇急于求见。"

抗击倭寇,连日未眠,戚继光惊醒,出门,只见一个妇女立在院中,发辫上果然有一朵白色的绢花。

妇女一见戚继光,就发出悲泣的声音,已流不出泪了。不等妇女开口,戚继光说:"请节哀,我已接到了你丈夫的嘱托。"

戚继光回到供奉佛像的堂屋,空腹为阵亡的士兵诵《金刚经》。

将军府的女侍送来茶饼,戚继光挥手示意,女侍退出。

当天深夜,仍是那个时间,那个士兵又闯入了他的梦中,仿佛从花丛中出来,身上还沾着花瓣。戚继光看出那是鲜红的血迹。梦中,他断定那个士兵已知白天诵经的事了。

那个士兵说:"将军,你诵念的《金刚经》多了两个字,所以,功德不圆满,我没能超度。"

戚继光疑惑,问:"多了哪两个字?"

那个士兵说:"不用。"

戚继光惊醒。月光如霜,铺在窗前。他开始搜索记忆。

往常,他诵经前,必将生字查出认熟,静心片刻,然后,徐徐诵念,心无旁骛。何况,《金刚经》已诵数遍,那两个字怎么通过他并毫无觉察地混入诵经之中呢?

他已毫无睡意。"不用"来自何处?每个环节,三个来回的追忆,终于,他想起茶饼的细节,由饼及人。确实向女侍摆手示意,虽然口中无言,但在心里说了"不用"。

直到天亮,戚继光只是想着有愧于那个士兵的嘱托。太阳初升,他关严了门窗,还对院内的侍卫交代,所有的人,无论多急,一概不许来干扰。

当夜,仍是那个时间。戚继光敞开门。那个士兵闯入了戚继光的梦。

那个士兵说:"将军,我特来道谢,我已顺利超度,投生善道了。"

戚继光说:"不用言谢,我已给你增加了麻烦,其实是你来提醒我,对托付,我不可掉以轻心,不可不谨小慎微呀。"

梦中,那个士兵原地消失,就如同阳光替换了月光,戚继光没有疑惑没有惊奇那士兵"离去"的方式,他一觉睡到天亮。

汉至元代

隐士严子陵

闻知光武帝即位,严光就更名改姓,躲避起来。

严光,字子陵,又名遵。年少时,曾与光武帝一道游学,关系密切。光武帝欣赏他的为人和才能。

光武帝想请严光辅佐他治理国家,却不知严光的踪迹。于是,派人按照他所描述的严光的形貌四处寻觅。严光仿佛从人间蒸发了一样。

齐地官府上书:有一位男子,披着羊皮衣常在水泽里垂钓,疑似严光的相貌。

光武帝看见了希望,备了豪华的马车,带了丰厚的礼品,派出特使前往。垂钓者的形貌确实跟光武帝描述的相似。特使往返数次,盛情相邀。严光乘车进京了,但不肯入皇宫。光武帝安排严光暂时下榻城北舒适的住处,好酒好菜款待。时不时有说客来劝。严光清楚一时难脱身,说:"还是放我回去种田、钓鱼吧。"

司徒侯霸曾与严光有过交情,派西营的副官侯子道携信前去。侯子道说:"侯公欣闻先生已到,本想诚心来拜访,但公事缠身,实在没空。我带来了侯公的亲笔信,希望趁着夜色,委屈你到他那里叙旧。"严光说:"他没空,我就有空?"

严光在床上,曲起双腿,抱膝而坐,打开信,阅过,就问:"君房(侯霸的字)一向痴呆,现今做了三公,可有好转?"侯子道答:"侯公已到了高位,根本没有你说的痴呆了。"严光说:"他差你来干什么呢?"侯子道重复侯霸的意思。严光说:"你说他没有痴呆,他做这件事本身不就是痴呆的表现吗?天子征聘我,我都不去见,何况是臣子呢?!"

侯子道说:"你人不去,就写一封回信,也好让我有个交代。"严光说:"我这钓鱼的手是不愿拿笔了。这么吧,我说你记。"

严光口述:"君房先生,你位居三公。很好,如果你能身怀仁德,辅佐正义,天下人就会喜悦;如果你一味阿谀奉承,顺从皇上的旨意,就会被众人耻笑。"

侯子道要求严光再多说几句好话。严光说:"这是买菜呢?还是求好处呢?要好处我没有,顺便把君房的来信也带回去。"

司徒侯霸收到回信,摇头笑,说:"唯有严子陵其人能做得出。"他封好信,转呈光武帝。

光武帝笑了，说："这个狂奴还是从前那个样子呀。"当日，光武帝亲自来到城北。有人通报，严光却卧床不起。光武帝索性坐在严光的床边，摸着他的腹部，说："我来了，你不舒服呀？你这个严子陵哪，难道就不能出来帮我治理江山吗？"

严光睁开眼，端详着光武帝，说："多我一个不多，少我一个不少，你我各行其志。你在高处，我在低处，你何必逼我呢？"光武帝说："子陵，我竟然无法使你顺从吗？无论如何，你也要进宫看一看，我不会逼你做你不愿做的事。"

翌日，光武帝派了豪华的马车接严光进宫。连续三日叙旧，仿佛又回到当年同行游学的美好时光。光武帝问："你眼里，比起昔日，我现在怎么样？"严光答："陛下比过去稍微胖了一些。"

当初游学，他俩同行同住同食。于是，光武帝说："在你面前，我会暂时忘了自己是皇帝，你只当是当年一起投宿客栈吧。"

同睡一张床，严光怎么舒服就怎么睡。不知不觉，他的脚搁在了光武帝的肚子上了。

清晨，太史急呈奏折："有人冒犯皇帝的御座，形势危急。"光武帝笑了，说："什么御座？我和旧友严子陵同睡一张床呢，他的睡相不雅而已。"

光武帝任命严光为谏议大夫。严光说："我可以口无遮拦，

205

陛下不可轻易开圣口呀。"

按私下约定，严光离开皇宫。他到富春山下种田，在富春江边垂钓。他钓鱼的地方，后人称为严陵濑，也有人称严子陵钓鱼台。

建武十七年，光武帝特下诏书，召严光进京，严光不肯"出山"。八十岁那年，严光在家中去世。光武帝悲伤而又惋惜，下诏书，命令当地县令，赐予严光家人一百万钱、一千斛粮。

酒　后

孙权登上吴王的宝座,设宴隆重欢庆,重要的下属都到场了。

虞翻是孙权任命的骑都尉。他择了偏僻的酒桌,以水代酒。其实,他嗜酒,且酒量也能应付场面。不过,他已有过多次教训,酒后失言。一旦喝高了,他那坦率的性情就会显露无遗。逢了这种欢庆的场合,他暗自决定管好自己的嘴,不说话,不沾酒。

虞翻多才。他观人察事,敏锐而准确。常进谏,还懂医术、会占卦,著有《易注》。孙权数次让他占卦,总能应验,但是孙权唯独受不了他那张嘴。他不吐不快,执着进谏,不分场合,多有冒犯,令孙权颇为不快 —— 你痛快了,我不快。孙权对他既爱又恨。也因那张嘴,他招致一些人的诽谤、排挤。甚至,被短暂流放过一回。

欢宴临近尾声,孙权意犹未尽,起身劝酒,一桌不漏。

虞翻趴在桌下佯装已醉。邻座提醒他,还把酒杯放在他手中。他不端,仍趴着。

孙权说:"醉酒了,不说话,很难得。"

邻座替他担忧,滴酒未沾,怎就醉如烂泥了?

孙权离开。虞翻起身,坐定,仿佛躲过一劫。孙权不经意看过来(可见他在意虞翻),于是大怒,摔掉酒杯,拔出佩剑。

虞翻坐着,已感到背后降临的宝剑,如夜空中的一道闪电。

顿时,在座的都惊愣了,恐慌不安,僵着身体,像一尊尊泥塑,大气也不敢出。

陪同的大司农刘基连忙抱住持剑的胳膊,说:"大王,大喜之日,不可见血。"

孙权的剑已架在虞翻的脖颈上了。刘基示意虞翻从速叩拜讨饶。

虞翻端坐不动,似乎挺着脖子与冷冷的利剑较劲——僵持了片刻。

刘基恭敬地对着孙权,劝谏道:"虽然虞翻有欺君之罪,但是,大王饮酒之后杀有德之人,能让天下人信服吗?何况大王向来容贤纳才,所以海内良才纷纷归附大王,今朝一剑失去的可是宽仁的名声,不可图小失大呀。"

孙权威严地持着剑,说:"曹操尚且斩了孔融,我杀个虞翻算什么?"

刘基说:"曹操轻视读书人,读书人只不过是惹不起,却能躲得起,天下都说曹操的不是。大王倡导德义,功量可与尧、舜相比,怎么甘愿与曹操相比呢?"

孙权收剑入鞘,对刘基说:"本王差一点酒后失才吗?"

刘基说:"不是失,是试,试才。"

虞翻得以免死,仍端坐着。邻座替他着急。

孙权说:"虞翻,本王准许你戒酒。今日你装醉,可露了馅了。"

虞翻说:"大王来劝酒,我要是正常坐着,却不饮酒,岂不是为难了大王吗?"

孙权对刘基说:"从今往后,如果本王酒后说杀谁,一律不得杀。"

大　火

承圣元年（552），朝廷任命虞寄为和戎将军、中书侍郎。

此前，高祖平定侯景的叛乱。虞寄劝说陈宝应顺应大势，主动攀附高祖。陈宝应听从了他的建议，却不让虞寄出面，而是派遣使者前去表示归顺之意。

虞寄接到朝廷的任命，陈宝应借口沿途混乱、不易护送，截留在身边。甚至，朝廷派人催促虞寄尽快上任，陈宝应也不放行，反而向朝廷举荐虞寄留在自己身边为官，委任虞寄掌管公文信札——所谓核心机密。

虞寄断然推辞，明确表示只接受朝廷的任命。他得悉陈宝应的归顺，仅是权宜之计，无非是等待时机，东山再起，图谋叛逆。言谈之中，虞寄一旦提起"忠诚不二"之类的话题，陈宝应便岔开话，顾左右而言他。

虞寄已知陈宝应不明智，不可谏，就担忧陈宝应一旦反叛，会祸及自己。他穿上居士的服装，入住东山寺，每日禅坐，足不出户。

陈宝应派说客来劝请，承诺了诸多优厚的待遇，还罗列了一些门客仅享受一点利益就顺从的例子。那位善意的说客还现身说法。虞寄索性卧床不起，假称脚疾，已难以下地，已难以随军。

陈宝应认定他装病——敬酒不吃吃罚酒，就派人进寺，点火，独烧虞寄那一间卧舍，用火逼。

僧人挑水前来灭火，被粗暴阻止。

虞寄平稳地躺着，不动。过后，他说："躺在大火中的屋里，如煨番薯。"

方丈穿入火门，要扶虞寄出去。

虞寄不肯起身，说："若是我劫数已尽，还能逃到何处呢？"

方丈钻出门，火势蔓延上去，门窗张口，吐出火舌。

放火者终于自己纵火自己救火。僧人们被允许泼水灭火。

陈宝应终于相信虞寄病了，不再紧逼，只是隔一段日子，派人来探望一次，送些衣食。渐渐地，间隔的时间拉长了。派两个兵，远远监守在山门外。

虞寄已由装病转入真病。病榻上，他写了数千言的劝谏信，要陈宝应"悬崖勒马，回头是岸"。

陈宝应接到信后，大为光火。军师说："虞公病势严重，言语已错乱。"陈宝应怒火稍消，认为虞寄在民众中声望高，姑且宽容他的放肆。

陈宝应兵败如山倒，逃亡的途中，重读虞寄的信，回忆虞寄的话，他对儿子说："早些听从虞公的谋划，也不会落到眼前如丧家犬的地步了。"

虞寄在寺中，拄着拐杖遥望盘绕的山路，盼望出现送回信的人。

陈宝应被捉拿，众多门客受牵连，一并被斩首。

虞寄也算门客，但身不由己，免祸。

文帝下诏，命令都督童昭达护送虞寄回朝。抵达当日，文帝亲自接见，问："管宁无恙？"

虞寄感激文帝知遇之恩，视他为东汉名士管宁。

文帝要亲手下诏令任用虞寄。虞寄拜谢，以有病缠身为由推辞。文帝准许他东归还乡，但又诏令任用，任命和推辞几次来回。皇帝特许他在居住的府邸办公。

手杖陪伴着虞寄。他时常出入府邸附近的僧寺。梦中，数次梦见熊熊大火。仿佛接二连三发生了大火，他惊醒过来，却一片寂静。多年前的一场大火，在梦中重燃了多少回？他常说："要懂得知足，知足了才不会受耻辱。否则，会引火烧身。"

显　示

虞绰经由晋王杨广举荐为学士。大业元年（605），虞绰转任秘书学士，奉诏与秘书郎虞世南、著作佐郎庾自直等人一道撰写《长洲玉镜》等十多部书。

虞绰修改之处，皇帝均认可。起初，他做校书郎，后升为著作佐郎。掌管公文、皇历等事项，各个方面均能胜任。

大业八年（612），农历壬申年夏，四月丙子日，虞绰跟随皇帝征讨辽东，屯驻临海的地方。皇帝忽见大鸟，觉得是吉兆，诏令虞绰刻碑文记述此事（虞绰擅长草书、隶书）。

虞绰在记述神鸟奇事的辞赋中，引经据典，文采飞扬。皇帝大为赞赏，授予其建节县尉，但仍在朝廷供事。

虞绰身高八尺，仪表伟岸。他自视清高，做事任性，身与心都高。皇帝欣赏他"写得好"，他更不把一般人（比他官位高得多的人)放在眼里了。

当时,礼部尚书杨玄感认可他的才能,并不在乎官位的悬殊,以礼相待,以友相交,多次邀请他一同游玩。

同族的大书法家虞世南告诫虞绰,说:"皇上生性多疑,你与杨玄感交往,过于亲密深厚了。如果你现在与他断绝往来,皇上知你醒悟,你就可以免除祸患。身在朝廷你还不知水有多深,不可轻举妄动呀。"

虞绰不听从,说:"我看朝廷一池静水。我和杨玄感之间,平等相待,兴趣相投。我身正不怕影子斜。"

不久,有人告发,虞绰将宫内的兵书私借给了杨玄感。

皇帝没有追查虞绰的责任,只是叫人将兵书取回归档。

虞绰没料到,杨玄感竟然发动了兵变。种种迹象表明,皇帝已有洞察,于是事先做了准备。

杨玄感的兵变,迅速被平息。他的家被抄了,还牵扯了一大帮人。其家产被抄没,姬妾被充宫。

皇帝亲自审问了杨玄感的姬妾,问:"杨玄感平时与什么人交往最频繁?"

姬妾异口同声,答:"虞绰。"

皇帝命令大理寺卿郑善果彻查此事。最后,传唤虞绰当面陈述。

虞绰丝毫不慌张,说:"我客居异乡,为一点微薄的俸禄在外做官,精神总得有个托放之处吧?与杨玄感交往,只不过是饮酒赋诗、游览风景而已,我这样的小吏,能起什么风浪?杨玄感怎么会把阴谋透露给我?"

皇帝认定他是"叛党的同伙"——杨玄感看中的是你的文采。于是,就将虞绰流放到新疆且末县,永久不得还乡。

押解路经长安时,虞绰瞅了个机会,脱身逃遁。

发出通缉令,官吏布网追捕。

陆路走不通,虞绰搭渔船过江,改名换姓,自称是吴卓,在荒山野岭中徒步跋涉。抵达信安县,他已蓬头垢面,不得不混入乞丐群中入城。

虞绰已判若两人。他曾偶然在同族虞世南口中听到过辛大德的名字。

辛大德是信安县令,甘肃天水人。虞绰上门乞讨自报了真姓实名。流放、逃亡、通缉,他感到颠沛流离,天网恢恢,精疲力竭,活着犹如一具行走的尸体。

虞绰说:"给我一口饱饭,死也不当饿死鬼。至于如何处置,悉听尊便。"

辛大德当晚安顿他住下。第二天早晨,给他一身农夫的装束,说:"委屈你了。你就暂且在我管辖的地盘留下来,隐姓埋名。我划一块田地,你可以自力更生,自给自足。风头过了,你可作打算。"

一茬庄稼收获了。虞绰与人因田界发生争议,打起了官司。人们以为他托人代笔。一个农民,严谨的文书和雄辩的口才都是那么罕见。眼看虞绰就要胜诉,却有观热闹的人看出他的面相(通缉告示里有画像,有悬赏),就向官府告发:非吴卓,真虞绰。

辛大德也难以出面保他,只能暗中叹息:"虞绰呀虞绰,你争个什么呢?江山易改,本性难移呀。本以为当了农民会认命会安分了,就会忘掉过去的辉煌,却还是祸从口出呀,何必显露呢?"

官府逮捕了虞绰,定了罪,在江都被斩,时年五十四岁。他的部分词赋,比他的命活得长,仍流传于世。

推荐书

宝祐元年（1253），唐震考取进士，仅当了个芝麻粒大的小官。

丞相贾似道看出唐震有底气，写了一封推荐书，差人交给唐震。

唐震将推荐书放入书箱，赴任。

随后，唐震一步一步升迁。他每到一个地方为官，都以公正廉洁著称。每一处地方，他的顶头上司都欣赏他的才干、品德，并及时上报他的业绩，还向皇上举荐他。

十二年后，唐震被任命为浙西提刑官。刚到任，就有人起诉一个看守墓地的人：用死人敲诈勒索活人，进而又将活人逼成死人，而且粗暴蛮横、无所顾忌。当地的知县也奈何不了他。此案积压已久。

唐震派遣官吏调查此案。案情明了后,便逮捕、审判守墓人,以平民愤。

判决前,一封书信急传到唐震手中。送信人(当年的差役成了管家)特意报了贾似道的大名。

唐震认出信使的面孔的同时,也辨认出贾似道的笔迹。一个守墓人,竟然惊动了丞相出面营救。

信使等到了唐震的回话:"我知道应该怎么处理。"

信使离去,唐震把信放在一边,宣布开庭。守墓人一副"看你能把我如何"的样子,显然已获悉了那封解救信的消息。

唐震当即按照法律,宣判了死刑。

当夜,信使前来传话:"丞相动怒了,发话说能举荐你,也能弹劾你。"

唐震打开当年赴任时携带的那个书箱,取出仍未启封的推荐书,说:"物归原主,请你转交丞相。"

守墓人被示众、斩首。三天后,侍御使陈坚上奏,弹劾唐震。据传,丞相"怒发冲冠",撕碎了推荐书,授意陈坚出面。

唐震被免职,感叹:"以死人惩罚活人。"

虞世南的劝谏

贞观十二年（638），唐太宗终于同意虞世南辞官还乡。他遗憾："一个力谏的人不在朕身边了。"唐太宗仍授予虞世南银青光禄大夫、弘文馆学士，人走位留，视同在位职事。果然，唐太宗还时常在梦中听虞世南劝谏。虞世南享年八十有一，在故乡去世。唐太宗下诏赠礼部尚书，谥"文懿"。唐太宗有话："虞世南与我已是一个有机的整体，他能补正我的缺点和过失，他是名副其实的谏臣、道德的楷模。见不到他这样的人，我唯有想念他了。"唐太宗作诗一首，追述多年的君臣关系，还发感慨："钟子期死，伯牙不再抚琴。朕作此诗，人已走，给谁看呢？"于是，授命起居郎褚遂良——虞世南的同乡，带着诗，前往虞世南的牌位，焚烧。不久，唐太宗夜里梦见虞世南进谏，姿态、语气像过去活着时一样。翌日，唐太宗下旨，厚恤其家人。

围

明帝发话,要挑战王抗。他要虞愿组织朝廷上下来观战。

围棋分为九个品级。王抗为第一品。明帝喜欢下围棋,棋艺却不高,距离最低的品级也很勉强。不过,宫廷的围棋权威还是很正式地虚评明帝为第三品。那样一来,围棋的地位也提升,增加了一道光环。皇上喜欢什么,什么就能兴旺。

皇帝对虞愿厚爱有加。看中他博学多才,敢于直言。私下里时常邀他切磋棋艺,借此了解他对政务的看法。委任虞愿多个头衔,太常丞、尚书侍郎、通直散骑侍郎、领五群中正,实职仍为祠部郎。

虞愿劝道:"还是小范围试探一下王抗的棋路为妥。"

明帝说:"你是担心我不是他的对手?"

虞愿说:"毕竟是第一次跟第一品对弈,下棋实为下心,不妨探一探他的心。"

王抗也是第一次与皇上下围棋。虞愿发现他时而巧妙地让明帝，输得高明，显出一副心甘情愿的样子，还说："皇上下的飞棋，我毫无招架之术。"

明帝赢了，只是没察觉其中的奥妙。他认为第一品也不过如此而已。继而，王宫内也无他的对手了。

虞愿一向当围棋是个业余爱好，排遣空虚，调剂精神。他多次婉拒给他评定围棋的品级。他说："还是不被围在里边为好，乐得自在。"他观看明帝与王抗下围棋，过后，没有挑明双方执着：一个沉睡，一个清醒。他料不到曾敬佩的一品王抗竟输得那么清醒。

明帝赢了第一品王抗，兴趣越发强烈，授意虞愿，由他筹备，举行一次都城范围的围棋大赛。若效果见佳，将扩大至举国上下的围棋大赛。

重要的一点是：明帝自己，将作为棋手参加对垒，与民同乐，重在参与。

虞愿如坐针毡，连日做梦。梦中，晴天突然降冰雹，落在地上，竟是黑黑白白的棋子。他叹息："围棋衰败的日子可能降临了。"他曾多次进谏，触犯过明帝的意旨，却意外受到赏赐。此次，他仿佛突然被"围"进棋盘一般。

明帝召唤虞愿，过问筹办围棋大赛的进度，说："我准备好

221

了,你准备妥了吗?"

虞愿笑而不答。第一次主动提出要和明帝下围棋。以往,明帝邀虞愿来陪他下围棋,多为和——不输不赢。可这一回,明帝输了,还输得很惨。

明帝不悦,似乎在说你怎么会赢我呢?!

虞愿说:"过去,皇上约我单独来下棋,我只是以围棋调解皇上的焦虑,毕竟皇上日理万机,操心天下。"

明帝说:"大赛筹备得如何?"

虞愿说:"我还尚未准备妥当。"

明帝沉默不语,表情平和。

虞愿说:"尧曾经用围棋教他那不肖之子丹朱,围棋不是人主所应喜好的东西。"

明帝瞥了一眼双方之间的黑白棋子,起身,离去。

不久虞愿升职,任中书郎,又多了个头衔。

宫体诗

唐太宗突发雅兴，作宫体诗，即刻想到了虞世南。他知道虞世南学养深厚，曾师从训诂学家顾野王、文学家徐陵，受学十载。他写得一手好诗赋，表达委婉，文采飞扬。但那张利嘴，与文章相反，很直爽，说话不拐弯，还时常进谏。唐太宗没采纳，他仍劝谏。唐太宗欣赏他那"诚恳的心情"，单独召来，要求虞世南依韵唱和。虞世南阅了诗稿，说："圣上的诗作虽然格律工整，但诗体尚欠规范。"唐太宗略有不悦，说："现在并非上朝议政，只是切磋诗艺。"虞世南顾自说："皇上有喜好，自娱自乐无妨。我担忧诗一旦流传出去，下面人必定会争相效仿，天下人就会跟风附和。因此，我不敢从命唱和。"唐太宗沉吟片刻，面色晴朗，微微一笑，说："爱卿，我不过试你一试而已。"唐太宗便赐予虞世南绸缎五十匹。

管　风

明帝下令虞愿主管风事。

虞愿的诸多头衔都是管人，与人打交道。现在，要他管风，与自然打交道。

明帝体肥畏风。甚至，旁边的人，喘气重，脚步快也不行。夏天，他也常穿皮质的小衣，可御风。风雨，本属观测天文星象和灾异变化的太史的职责，但明帝不信任太史，也不听大臣的奏告。

明帝抽调太史手下观察天文星象的两个人，并且，委任身边的两个人担任风令史，设立一个专门机构，明确由虞愿掌管。

虞愿不敢松懈。这个"管风"的专职机构，其实就是为皇帝一个人服务。虞愿不懂风，不过，风令史会同观星象的人，能及时预报当日和未来三天风的动向：风起何方，强度多大，持续多久。

虞愿谨慎审核后，直接呈报明帝。他还提出建议，以便明帝确定：是否出行，穿何衣服。

然而难免有疏漏：风委实难以预测，难以掌握。风像淘气的小孩，跟人游戏。明帝受风就咳嗽、发抖。风之事，本是自然的事，可关涉到皇帝，就是"天大"的事了。变化不定的风事弄得风令史如风中幼嫩的小草，心惊胆战，唯恐犯欺君之罪。

虞愿将"差错"揽在自己头上，顺水推舟，说自己是外行，不懂"风"的事，甘愿受罚，提出辞呈。

明帝让他"戴罪立功"。天下是皇帝的天下，风不过在天下之中。明帝说："我放权让你管，如何管是你的事了。"

虞愿提出一个"御风"的方案，御也是管的一个重要措施。他上了奏，明帝准许。

于是虞愿征调民工，根据多年的气象记录——《风动》记载，部署植树，筑墙。别处移植来的古树，风刮进树林就被拆得软弱无力，而侥幸穿过树林的风，又被挡在又高又厚的围墙之外，风顺着墙，吹向别处。

明帝看见移植来的古树，一脸喜悦。古树似乎标志着王朝的历史。明帝不咳嗽了，也用不着夏日穿御风的小皮衣了。

虞愿取消了每天关于风的奏折，至多，呈报一季的天文星象，还与同期的历史相比，显示出"风调雨顺"的气象。

明帝龙颜大开。不过,还是关心,说:"久已不见每日一报风情,风到哪里去了?"

虞愿说:"风归顺了。"

选准一个风和日丽的天气,虞愿陪同明帝巡视郊外的民情,风部的风令史和气象观察员也随行。

郊外的山岭、平原已覆盖着茂盛的树木。虞愿称此为"御林"。他说:"这都是民众自发地植树造林,形成了植树的风习,婚嫁、生日,百姓也种树为纪念。"

明帝大悦,说:"事在人为,你声称不懂风,不是管住风了吗?!"

虞玩之的木屐

虞玩之脱去布衣,穿上官服,任东海王行参军,乌程令。于是,官员们闻其声,知其人。

虞玩之穿着木屐。有人说他有失朝廷的体面。他仍我行我素。但犯罪的人生怕听见他的木屐声。

虞玩之的木屐,是从家乡穿出来的用木板做的拖鞋,走起来,发出"的当的当"的声音,很有节奏。故乡余姚俗称"木的当"。

路太后的娘家,有个亲戚,叫朱仁弥,犯了罪。虞玩之的"的当"声响响到那里。路太后托人来作保。虞玩之不给面子,依照律法,逮捕并治罪朱仁弥。

路太后咽不下这口气,像受了冤屈那样,向南朝宋孝武帝倾诉,见效。

虞玩之被定罪，犯上，免官。此后二十多年，虞玩之的官帽摘摘戴戴，几起几落，但他的木屐声依然如故。有人说，"的当的当"的声音，像叩击着心扉，听了不舒服。虞玩之一笑了之，说："不就是木头响吗？心中无鬼，有何心烦？"

太祖安定了东南，建都南京。府署初启，宾客盈门。太祖特别留意挑选、招纳人才，就举荐虞玩之担任骁骑谘议参军。主要职责是配合骁骑将军傅坚意，检查审订户口簿册，制止民间巧诈弄假的风气，因为有人记载爵位时，改换年月，有人假托已死人之名，有人闲居在家中，却声称从事徭役。虚报假托或篡改户籍已悄然成风，蔓延到了各个领域。

太祖还定期举行酒宴，主要参与者是各个阶层的贤士名人和有功之臣。一是交流，二是慰问。由此，营造正气。

一次酒宴上，由远及近，传来"的当的当"的木屐声，已提前进来的人说："虞玩之来了。"

众人不出声地笑。太祖见虞玩之进来，便示意，往低处看，仿佛在研究木屐，怎么发出那样的声音？太祖的目光从下往上，他随后拎起木屐，像拎起可爱的宠物，细细端详。

由于木屐穿得久长，木板的颜色已乌黑，前端已留下脚趾的凹痕，像拓了印泥一样，屐跟是个又缓又斜的圆窝。整个木屐经长时间的反复用力摩擦，已变薄，略显斜状，而且，原有的鞋襻已断，则用草绳替换。

众人也是第一次见识静止下的虞玩之的木屐。有人脱口评议道:"讹黑斜锐。"

讹,是变之意;锐,指木头的顶端。众人不禁会意地动了容,但不好发出笑声。

太祖让虞玩之重新穿上木屐,终于问:"你这双木屐已穿了多少年了?"

虞玩之答:"从家乡出来做官,母亲担心我脚汗多,那时起,穿了二十余年。南征北战,我常常看到,贫穷的地方,很多人赤脚,连这种鞋也穿不上。"

太祖像是重新认识了木屐一番,目光又从脚扫至头,立即传令,赐予虞玩之一双崭新的木屐。那是限于卧室穿的木屐。

虞玩之摇摇头,拒绝接受。

旁人替他惋惜——皇恩浩荡呀。

太祖神态平和,问其缘故。

虞玩之说:"今日之赐予,给我的恩惠和荣耀已很重了。这么新的木拖鞋,让我想到所有在使用的一系列旧的东西——破旧的草席、多年的被子,我闻惯了它们的气味,为了一样新,要放弃多样旧的来配套,弃旧图新,我还是舍不得。因此,我不敢接受。"

太祖点头,说:"对、对、对。"接着说:"有人穿新鞋,走老路;你这是穿旧鞋,走新路。"

后记：我为何要写故乡古人

记得2020农历庚子年，清明节过后，我数了数已写出的小说篇数，有五十四篇，好像我掌握了一副扑克牌。我知道，到了该与故乡古人告辞的时候了（一个系列的写作有其定数）。写作是一件愉悦之事，沉浸其中，仿佛穿越到古代，跟人物相处，但写出后，又感到突如其来的疲倦，似乎灵魂出窍。灵魂被带走，只留下虚脱的躯壳，很脆弱，仿佛一碰就会破碎。那天晚上，我做了个梦。我在一间老式平屋里，又暗又冷。我点燃了煤油灯，忽然，惊飞了一群蝴蝶，还是黑色的蝴蝶，微弱的灯光照出了它们的影子，原形的蝴蝶和影子的蝴蝶，像纷乱的乌云一样笼罩着我。我发现自己缩小了，像小人国里的侏儒，是寒冷使我的身体收缩了？还是我返回了童年，变成了小孩？不过，我的意识还处在现在，好像一个现在的我（只是一个悬浮的灵魂)俯视着越来越小随时可能消失的小孩。我看见那个小孩,去翻桌上撂起的书,似乎要查找黑蝴蝶的出处。灯光照亮了打开的书,页面一片空白,字都跑掉了。我醒了。走进书房,看见梦中的小男孩翻过的书里(我和小孩翻的是同样的书),那字还在,还有我阅读时画的各种记号,以及旁注、眉批。于是,一只黑蝴蝶如同从梦中飞出来,它落在第一篇上,同时也落在故乡古人的书稿上。故乡古人系列就有了一个书名:黑蝴蝶。

多年来,我写小说,保持着五六个系列齐头并进的习惯。其中写当代生活的艾城系列,有五百余篇。生活在进行,系列在跟进。艾城是个虚构的城市,多有余姚的影子。故乡古人是突然冒出来的系列,写了汉代至清朝的故乡古人,大多人物是真名实姓。我最初当公务员在市政府大院,大门楼有一块匾:文献名邦。院内有一座世界上最小的山,秘图山,据说是大禹治水时藏治水"秘图"之处。生活在余姚,当然要关心故乡的历史:从哪里来?到哪里去?我们是谁?余姚传统文化积淀深厚,是中华民族不可或缺的有活力的一脉。余姚古人,为官多,隐士多。那是有意味的文化现象。其代表人物严子陵之隐,隐成了范儿,王阳明之显,显到了当今。隐与显是两种生存的极致。其实,每个人的内心,都存在着对立统一的隐和显。古代余姚人在朝廷为官的甚多,以至明朝有人不断进谏,阻止余姚人入选京官，甚至将此写成法令。不过，屡"禁"却不止，余姚人出去的，好官多，且著书立言者多，皇帝喜欢，隐也不成。许多官在隐与显之间纠结、尴尬。我写官也写民，都是故乡人。取舍之标准，是古今心心相通，不接通就不写。古今共情，源远流长。因为人性中有持恒的情感和精神的能量。我欣慰地发现，所写的人物，在与人交集的过程中，都本能地守护着基本常识。作家应当以文学的方式维护起码的常识的底线，像麦田里的守望者。我写作，某种意义上也是向人物学习。

记得1984年结婚，单位给我安排了一间十八平方米的"过渡房"。地处笋行弄的一个三进的老宅，十多家住户。妻子怀孕了，她每天晚上接近零点肚子就饿。婚房里，没有厨具——我们只睡不吃。我就拿着铝合金的饭盒，还用一块厚实的老布包着以便保温，赶去红卫桥（现名为新建桥），平桥上有夜宵摊：馄饨、汤圆。同一条河上，不远的通济桥，是拱桥，也有夜宵摊。每个小摊都有一盏灯。现在回想起来，那就像深夜的一个梦，我走进了梦境，买了刚出锅的馄饨或汤圆——那就是我的"汤圆之夜"。然后，返回途中，踩着巷弄中的石板路，一不留神，石板会翘起一角，溅出积存的雨水，像淘气的小孩玩水枪。这提醒我，可是走在现实幽暗的回家之路上呢。现在那座古桥，还保留着。有一次，我和妻儿走过通济桥,我对儿子说:"你还没出生,就有一个好胃口,你娘每天深夜都要吃一碗馄饨或者汤圆。"我看到发生在清朝年间的一个拾金不昧的故事,是后辈记下的先祖的逸事,那么遥远的时间,还能够得着。我想,有多少小人物消失在历史的长河里呀。幸亏那位后辈读了书,用简洁的文字记下卖汤圆的先祖。这也是作家该做的事儿。我总觉得我就是那个仓促奔走的失物之人,而那个生活拮据的小摊主,顶着星空,等候在桥上。我一次又一次地走进了"汤圆之夜",仿佛就是我常去买汤圆的小摊桌,揭开小铁锅,一股白白的热气升起,一个个白白的汤圆浮在沸水上边。已面熟了,我并不知那些摊主的姓名,可是,那位清朝的小摊主的姓名留了下来,叫韩如山。超越时空,仿佛他是其中一位。

  一方水土养一方人,也养成一方文化,也养出相应的文学表达方式,即与水土、人文、时代相应的笔记小说的方法。我觉得,写江南、写古人,笔记小说颇为得心应手、妥帖方便。笔记小说这棵古老的文学之树,像我曾经生活过的沙漠中的胡杨树,一棵树有两种形状的叶子:柳树叶,杨树叶。可谓是风格的隐喻。当代笔记小说的经典代表,汪曾祺写平常性,冯骥才写传奇性。冯骥才祖籍在宁波,却生活在天津,我理解他的《俗世奇人》浓重的传奇色彩。同为天津人的蒋子龙,其笔记小说也张扬传奇性,让我有共鸣的是他的宣言:"到了写笔记小说的时代了。"颇有为笔记小说鸣锣开道的意思。我还是偏向汪曾祺,把传奇往平常里写。那是经历过人生的风风雨雨、起起落落、曲曲折折之后的淡定,见多识广、见怪不怪,对待过往不再是惊奇的人生态度。就像马尔克斯用老祖母的口吻说"魔幻",魔幻就是日常了。这跟我在新疆军垦农场所见的老兵,过往的岁月,本是传奇,老兵却说:"就那么一回事儿。"可儿时的我却觉得了不起,不得了。老兵系列,写了三部,已出版了一部,还有两部放着。我习惯把写出的作品冷藏,有的已放了十多年。所以,活到这个年龄了,写故乡古人,自然而然有了选择,就采取了笔记小说的方法,弱化传奇性,铺展平常性。笔记小说实在给了我一种表达的方便。有人问汪曾祺小说怎么写,他回答:"随便。"我记住了"随便"——文无定法。随便,是为文的"章法",也是为人的姿态。汪曾祺是性情中人,为人为文是一致的。

记得一条河。我生活过的塔克拉玛干沙漠中流经一条河,叫塔里木河,被称为"无缰的野马"。它时常会改变河道,有时,奔跑一段,它会消隐,却在另一处突然出现。我儿时听老羊倌说起那条河,他的口气里,仿佛在说一匹野马。我生肖属马,童年的我和那条河很亲近。仿佛那条河在我心中流淌,或者说,我心里奔跑着"无缰的野马"。这就如同我写小说时的状态。我对写"非虚构"(纪实、散文)莫名其妙地抵触,仿佛不愿受"真实"这根缰绳的束缚。而且,对烦琐的考证缺乏耐心,这就是我选择写小说的原因吧。其实,略萨说:"小说是真实的谎言。"非虚构的真实和虚构的真实不在一个层面上。我想起新疆的猎人,一只训练过的老鹰立在猎人的腕臂上,发现猎物——多为野兔,就展翅腾飞,一个在天,一个在地,老鹰俯冲,准确地捉住野兔。写小说,就是在真实的腕臂上起飞。2020年初,新冠肺炎疫情暴发,我宅在家,写出故乡古人系列,陆续发表。我记得,2019年,我读文友徐泉华编著的一套书——《余姚旧志人物》四卷。此前多年,我零零散散搜集过这方面的史料,徐泉华首次集中汇编成册,给我带来了方便(那个黑蝴蝶之梦,梦中的小孩,梦醒的我,翻的就是这套书,还包括多册有关余姚历史的书籍)。他和我有个口头约定,要让他也进一下我的小说,我应诺了。但小说不能随便进。我只得安排他进《后记》了。《余姚旧志人物》就像猎人腕上立着的老鹰——立在真实的平台,飞往虚构的蓝天,以另一种方式捕捉真实的"野兔"。这就是小说了。

谢志强

壬寅虎年清明